JN319492

新潮文庫

わたしがいなかった街で

柴崎友香著

新潮社版

10128

目次

わたしがいなかった街で

わたしがいなかった街で

I

一九四五年の六月まで祖父が広島のあの橋のたもとにあったホテルでコックをしていたことをわたしが知ったときには、祖父はもう死んでいた。だから直接祖父に話を聞くことができなかったのはもちろんのこと、祖父が料理どころか冷蔵庫を開ける姿さえ記憶になかったので、誰か他の人の話としか思えず、へー、としか答えられなかった。隣にいた母からは、昔はオムレツなんかさっと作ってくれて、とそれまで聞いたことのなかった思い出話を聞いた。わたしの記憶にある祖父は、いろんなものを拾ってきては五重塔や赤い太鼓橋のあるジオラマみたいなものをこしらえたり、煙草《たばこ》の包み紙でやっぱり五重塔や傘の置物を作ったりしていた。料理はとても上手《うま》かったと親戚《しんせき》も言い、器用貧乏という単語は祖父のような人に使うのだろうか、と思ったのは覚えている。耳に入ってくる親戚たちの会話からのとりとめのない連想とともに、頷《うなず》きもせずに車の窓から見ていた坂の多い街の黒い屋根瓦《がわら》が、その会話を思い出すたびにはっきりと浮かぶ。祖父が住んでいた島とをつなぐ赤い橋から見た海も。このあたりでも爆弾の雲だか光だかは見えたらしい、と運転席の親戚が言った。だけど祖父も祖母もなんの影響も受けなかった、と話していた。あの坂道から数えても、もう十年が経《た》った。

十年という時間も今ではすっかり短くなってしまった。

今は二〇一〇年になり、自分は三十六歳だった。世田谷区若林のアパート一階に三年、墨田区太平のマンションの七階に五年、とわたしは東京に引っ越してからの年月を遡《さかのぼ》って数えてみたが、そんなに時間が経ったとはとても思えなかった。しかしそのあいだに起こった八年分のできごとの実感はあった。あれもこれも、確かにあった。

新しい部屋の中には、パンダのイラストが印刷された段ボール箱が積み上がって壁となっていた。走り書きされたマジックインキの文字を確認するが、やかんは真ん中の列のいちばん下にある。動かす順序をパズルのように考え、重さを確かめて、箱をずらす。やかんの真上の箱を下ろして開けると、緑色の薄紙に包まれた皿や椀《わん》が出てきた。

荷造りも業者に頼んだ。昨日の午後にエプロンや靴下を持参した女が二人やってきて、台所の棚から段ボール箱にどんどん中身を移した。部屋はあっという間に箱で埋まり、薄暗くなった。一人暮らしの荷物にしては多すぎたわねえ、離婚して出て行くに違いないよ、と仕事を終えて帰りに電車に乗ったころに女たちが噂《うわさ》する妄想が頭に浮かび、今更ながら自分自身を面倒に思い、ついでに引っ越しも面倒になってやめたくなった。だが、荷物の中身など気にも留めない、愛想がよくてひょっとしたら話し相手にだってなってくれそうな女たちによって荷造りは自動的に進んでクローゼットも棚も引き出しも空になり、次の日の朝、つまり今朝にはトラックと男三人がやってきて自動的に段ボール箱と家具を運び出し、この新しい部屋に運び入れ、男の一人の汗が床に落ちて乾き、別の男が差し出した確認書やら領収書やらにわたしがサインして代金を払うと、この部屋での暮らしが始まることになったので、何かやらなければならないことを成し遂げようとする場合においては、人に頼むということは重要なことかもしれない、と思った。不動産屋で書類を書き、引っ越し屋に電話をすることが、わたしのいる場所をここからそこへと変える。

そこから、ここへ。

今は、ここにいた。引っ越し業者が帰ったあと、徒歩三分の商店街でざるそばを食べて戻ってくるともう四時で、眠りたかったが横になる場所も敷物もまだ確保できていないので、とりあえずお茶を入れようとやかんを探しているがなかなかたどり着かない。

「干しちゃっていいのかい？　全部やっとくよ」

「待って、ちょっと見るから」

窓を開けたままのベランダから、女の話し声が聞こえてきた。マンションは一週間前に完成したばかりで、隣の2LDKもこの週末に引っ越してきた。鍵《かぎ》を受け取りに行ったとき不動産屋が隣は姉弟だと言っていたが、声はおそらく姉のほうとその母親らしい。手伝いに来ているのか。ベランダに水を流す音。仕切り板の向こうだが、同じ部屋にいるようによく聞こえる。洗濯物を広げるぱんという音。

「あたしもねえ、いろいろあったからさー、今度はちゃんとできると思うんだ。だから引っ越したんだし」

「ほら、洗濯物はいいから、あんたは部屋の掃除して」

娘は男と別れたに違いなく、母親も苦労の多い人生だったのだろう。人は皆、それぞれの事情がある。声から受けた印象だけを根拠に思った。

カーテンは真っ先に窓に吊《つる》した。白く薄い布地越しに、家々の屋根や低層のマンションの向こうにある背の高い欅《けやき》の放射状に伸びた枝のシルエットが見えた。空は曇って白い。

たぶん、爆弾が落ちたのはあの欅が集まっている場所の向こう側あたり。わたしは、白い幕に目を凝らした。六十五年前の五月、火の手が上がっていたのがこちらから見えたのは、真夜中だったらしい。

燃えた場所に、わたしは五年前まで住んでいたから、欅の下には竹藪《たけやぶ》があることもよく知っていた。しかし、あの古いアパートの部屋に住んでいるときは、そこに爆弾が落ちてきたことを知らなかった。


前に住んでいた場所の近く、「若林」という地名の世田谷区の一画に戻ってきたのは、三年間住んだときに気に入っていたし、そのあと五年間住んだ場所と似ていないし、職場まで乗り換えが一回で済み、有子《ゆうこ》も近くに住んでいるからだった。月曜から金曜までは段ボール箱に手を突っ込んで洋服を引っ張り出して会社に通うのが精一杯だったので、一週間経っても部屋の中はまだ段ボールに占領されていた。

「砂羽《さわ》さあ、片付け苦手なんだから、荷ほどきも頼めばよかったのに」

段ボールと段ボールのあいだで、有子は、アニメの声優みたいな甘ったるい声とは対照的に、手際《てぎわ》よくグラスやスプーンやフォークの類《たぐい》を箱から出した。有子を当てにして、台所道具は片付けないでいた。

「料金高いし」

「プロの仕事は完璧《かんぺき》らしいよ。わたしの知ってる人が頼んだら、ソファの上にほったらかしてた雑誌と新聞までぴったりおんなじ場所に置いてあって、いきなりフッーに暮らせるって。間違えて前の家に帰ったかと思ったんだって」

有子は手を止めずに言った。電話とメールでやりとりしていたが、会うのは半年ぶりで、そのあいだに有子の髪はとても短い、美人しか似合わない髪型になっていた。五歳の息子は有子の父と動物園に出かけており、ゾウガメの前で撮った動画がさっき有子の携帯に送られてきた。有子の息子は、まだ歩けないころからときどきいっしょに遊びに行ったせいかわたしのことを気に入っていて、近くに引っ越してきたことを喜んでいるらしい。ありがたいことだ。

わたしは床に座り込んだまま、新たな箱を開けた。古いビデオテープが詰まっていた。

「中学の時に見た、たぶん『トワイライト・ゾーン』のテレビシリーズで、人間はずっとおんなじ場所に住んでると思ってるけど、実は一分ごとに新しく作られた世界に移動し続けてる、って話があって、たまに世界を作ってる人のミスで、たとえばソフアに置いた新聞みたいなものを置き忘れることがあって、だからさっきまでそこにあったはずのモノがないっていうのはそのせいだ、って言ってて、妙に納得したんだよね。わたし、しょっちゅうモノなくすから」

「意味がわからない」

有子は立ち上がって、重ねたコップを流し台へ持って行った。

「えーっと、説明が下手なのかもしれないんだけど、パラレルワールドみたいにそっくり同じように作られた違う世界が一分ごとに存在してて、映画のセットみたいな感じって言ったらいいのかな、人間は気づいてないけど次々に別の場所に移動してるっていう設定。何時間か先の世界はまだ工事中で、真っ白い空間でスーパーマリオみたいなおっちゃんたちが一生懸命工事してて……。あのー、子供のとき、切符の自動販売機の中にちっちゃいおっちゃんが入ってるんじゃないかって考えなかった？　そういう感じ」

「そのスーパーマリオたちはぁ、どっから来るわけ？　誰に作らされてるの？　なんのために？　だいたい、別の世界に移動してたら気づくと思うのね。そんな雑な話、砂羽がモノなくす言い訳にはならないよ」

ふざけた声、と有子が自嘲《じちよう》する、ヘリウムガスでも吸ったような声だが、言う内容はいつも厳しい。

「すいません」

「いちいち謝らなくていいから、早くそこ空けて」

「はい」

　畳んだ段ボールをひとまとめにして、玄関に置いた。１ＬＤＫの「１」に当たる部屋から源太郎《げんたろう》が顔を出した。

「あのー、棚って角にくっつけちゃっていいんすか？」

　わたしは部屋を覗《のぞ》き、組み上がった棚を設置するのを手伝った。源太郎は、有子が半年前からつきあっている男で、今は料理人だが過去に大工だったことがあるから有子が連れてきた。まだ肌寒い季節なのにＴシャツの半袖《はんそで》をまくり上げ、筋肉のついた上腕を出していた。わたしや有子より十歳若いが、有子は二十代と言っても誰も疑わない外見の上にアニメ声なので、並んで歩いたらこの人のほうが年上に見られるかもしれない。

「さっきの話、割と有名なＳＦ小説じゃないかな。たぶん、読んだことある」

　しゃがんでもう一つの棚の梱包《こんぽう》を開けながら、源太郎が言った。源太郎の風貌《ふうぼう》からＳＦ小説という単語が出るのが意外だったせいか、わたしはすぐには返答できなかった。

「……へえー、原作があるのか。なんていう作家？」

「名前覚えてないし、ちょっとディテールが違う気もするから原作なのかはわからないけど、あったな、そういうの、って」

源太郎が手際よく棚のパーツを床に並べていくのを、見下ろした。

「考えたことない？　次々作られる別の世界に移動してるかもしれないって」

「うーん、おれ、ＳＦはトリッキーなのより宇宙人襲来みたいなほうが好きで、突然変異の生物兵器とか、あ、ついでにゾンビ映画も好むんですけど、なんつーかこう、人間がパニックに陥る現象に興味あるっぽいですね。極限状態って、素が出るじゃないですか」

「なるほど」

源太郎は白木の枠と棚板を立てた膝《ひざ》で支えて組み合わせたが不安定だったので、わたしも手を貸した。家に男手がある状態は随分と久しぶりだ、と思う。離婚の一年も前から、元夫はほとんど家に帰ってこなかった。

「ＬＤＫ」から、有子の声が飛んできた。

「砂羽ぁー。休憩希望。なんか食べさせろー」

台所へ行くと、食器も鍋《なべ》もきれいに洗って揃《そろ》えられていた。

「そば屋かなあ」

ぞろぞろと一階に降りる。玄関ホールのオートロックの自動ドアが音を立てて開く。ここから歩いて約七分の、五年前まで住んでいた古いアパートにはこのような仕組みはなく、雨風の強い日には傘を半分開いてから玄関を出ていたのを思い出す。その頃に比べて今の自分の暮らしは良くなったと言えるのかどうか、まだわからない。

振り返ると、茶色い四階建ての二階の真ん中に毛布と布団《ふとん》カバーの干してある自分のベランダがよく見えた。五年前は、一階のいちばん端が自分の部屋だった。一週間前まで住んでいた錦糸町駅にほど近い部屋は七階で、道から見上げてもベランダの様子は見えなかった。もうすでに、その七階の部屋は遠かった。実際、電車を乗り継いで一時間近くかかるし、もう行くこともないかもしれない。碁盤目状の区画も駅近くの飲み屋や怪しげな店が連なる通りも、二十七歳まで暮らした大阪の街に似ているから好きだったのだが。

これからそばを食べに行くというのに、源太郎は、マンションからすぐのT字路の突き当たりにある自動販売機でコーラを買った。機械の中をボトルが落ちていく音が、周りの家の壁と屋根に響いた。がが、がこ、ごとん。そして源太郎は直立したまま、コーラを半分近く飲み干した。有子は、その姿を満足そうに見上げていた。有子が男を選ぶ基準の「健康で頑丈で肉体が整っている」に源太郎は合格しているのだろう。わたしも次はそういう人がいいかもしれない。次、などと、ほんとうはそんな気には全然ならないのだが。

商店街の店でそばを食べ終わってこれから仕事だという源太郎が帰り、部屋に戻って一時間ほどで、息子から電話のあった有子も帰った。「わたしは女との約束は守らないけど男との約束は守るの」。七年前に当時の職場で知り合った有子が早々に告げた言葉を思い出しながら、調味料を流し台の下に並べた。有子はいつも突然電話してきて、急に帰っていく。長いつきあいの同性の友人はほとんどいないようだが、わたしにとっては、行動の理由が明快かつ説明もしてくれるので対応のしやすい友人であり、腹が立ったことは一度もない。

有子のおかげで台所周りだけはすっきりした。有子の手土産のカステラを手でちぎって食べた。ザラメが歯で音を立てる。ベランダに出てみたが、今日は隣の部屋からはなんの気配も感じられなかった。向かいの家の門柱脇《わき》では紅梅が散り始めていた。

遠くの欅の大木は、まだ葉がついていなかった。

2

次の一週間も大して片付けは進まず、土曜日の昼間にやってきた光ファイバーの工事業者も、まだ残っている段ボール箱の脇で作業した。作業員は、インターネットとテレビと電話の回線をつないで、わたしのパソコンのメモリが足りないから買い換えるか増設したほうがいいと言い、メモリというのはここにあって、とパソコンの裏を開けて増設の仕方まで教えて帰っていった。世の中にはなんて親切な人がいるんだろう、とわたしは感動した。あの作業員は他人の苦境を思いやることができ、さらにその他人に対して声をかけて思いを伝えるということを実行に移せるのだ！

一人になった部屋で、テレビとチューナーの電源を入れ、衛星放送や光ファイバー経由のチャンネルを一通り巡回した。歴史や科学番組を扱うアメリカの専門チャンネルでは、ヘロインの取引を追跡していた。わたしは床に座って、無線ＬＡＮにつながったパソコンにソフトをダウンロードしながら、ヘロインの製造過程や麻薬組織の銃撃戦を見た。途中で緑茶を入れて飲み終わったところで、携帯電話が鳴った。

なかちゃん、と表示された。

「あ、はいはい、こんにちは」

「あー、平尾さん、元気？」

「元気元気。えーっと、ちょっと前に……」

「平尾さん、おれ、今どこにおると思う？」

半年ぶりに聞く中井の声は、実際に耳元で告げるようにクリアで近かった。

「なに？　ああ、山降りてきたんや。もしかして、東京来てるとか」

「正解です。ピンポーン」

中井の声と同時に、電話の中からインターホンの電子音が聞こえた。わたしは振り返って廊下の先の玄関ドアを見た。閉まっている。向こう側は見えない。部屋の壁に視線を移すと、インターホンのモニター画面は暗く消えたままだった。

携帯電話の小さい穴からは、中井の声が発され続けていた。

「ピンポーン。こんにちはー。あれ？」

「ごめん、なかちゃん、わたし、引っ越してそこにはおらん」

「間違えましたー」

向こうで、中井は誰かと言葉を交わした。二週間前まで住んでいた、錦糸町のあの部屋から誰かが出てきたのだ。一瞬だけ、いるはずのない元の夫が玄関ドアを開ける図が、頭をよぎった。

「失礼しました。……なんか、作業服のおっさん出てきたやん。どこで間違えた？　おれ」

「ごめん」

わたしは笑いながら謝り、ここまでの道のりを説明した。

電話を切ってから、お茶を入れ直して新しく届いた小さいソファに座り、増えたチャンネルをまた一巡したあとで昨日の夜見ていたＤＶＤの続きを再生した。

三十二インチの液晶画面を、装甲車のタイヤが横切った。タイヤが踏んで行ったアスファルトには、真っ赤な血だまりができている。銃声が何度も響き渡った。サラエヴォの中心市街の大通りに伏せていた民衆たちが、建物のほうへと逃げ惑う。撃ち合いが始まり、警察の装甲車が出動し、人々は手を叩《たた》き拳《こぶし》を突き上げて口々になにか叫んでいた。

ユーゴスラヴィアの内戦の過程を追った全六回のドキュメンタリーの四回目だった。各勢力の指導者たちの証言が差し挟まれてから、国境近くの山間《やまあい》の小さな町が映し出された。すでに戦車に包囲され、並木の新緑が芽吹く川沿いの道から、砲撃を受けていた。春の花が咲く茂みで、普段着の民兵たちは、ベルト状につながれた尖《とが》った弾丸を機関銃に装塡《そうてん》して応戦の準備をしている。検問では、怯《おび》えた顔の人々が兵士たちになんとか身分を証明しようとしていた。村では、車から降りた迷彩服の男たちが、それぞれの片手に自動小銃を持って、これから殺す人を探し出すため、脅し文句を叫びながら、白い家の敷地に入っていった。ベージュのトレンチコートを着た白髪の男が、迷彩服たちに連れられて出てきた。迷彩服たちは、片手の自動小銃を体の一部になったように一瞬も離すことはなく、もう片方の手で男のトレンチコートを引っ張り、小突いて、連れ出した。トレンチコートの白髪の男は、不安げに、ちらっとカメラを見た。映像はそこで途切れ、次の映像に切り替わると、別の男たちが死体を片付けていた。中年の女の死体を、一人が右肩、一人が左肩、一人が足を持ち、道路脇に停められたトラックへ向かって、庭の小道を下っていった。肉付きのよい中年の女の死体は、地面に伏せた姿勢のまま、完全に固まっていた。男たちが服を引っ張って持ち上げても、死後硬直した両方の肘《ひじ》は外に突き出されたまま宙に浮いていた。手の上に顔を伏せ、腰から不自然な方向に曲がった、殺される直前のその形のまま空間に浮かび、運ばれ、トラックの荷台に放り投げられた。荷台にはすでに、同じような形で固まった男の死体があった。また別の場所が映る。草地の上に、さっき運ばれた女とよく似た体型の老女が、さっきの女とよく似た体勢で倒れていた。セーターの背中の真ん中には、銃弾の跡が丸く開いていた。しかし血は見えない。横向きになった顔と、通常の関節とは逆方向に曲がった腕の先の手は、灰色に変わっていた。誰かの持ち物だった鞄《かばん》やノートが、道に散らばっていた。ところどころ、インタビューを受ける国連職員の証言が差し挟まれる。わたしのジープは曲がり角にあった血だまりで横滑りしました。死体を積んだトラックを何台も何台も見ました。

レコーダーのカウンターを見ると、00:21:00を過ぎたところだった。この番組を見るのは二度目で、前に見たときも00:12:00のあたりでサラエヴォの銃撃が始まり、同じことが起こった。彼らは、わたしが見るたびに、死体になる。再生ボタンを押すたびに、また生きて、また死ぬ。この番組が制作された十五年前のイギリスでも、去年の錦糸町でも、今日ここでも、明日でも、繰り返された。

おとといは、第二次世界大戦初期に村人がほぼ全員殺されたフランスとドイツの国境の町の廃墟《はいきょ》や、広場につり下げられたムッソリーニの死体や、収容所に転がったり積み上げられたりしている干からびた死体たちを見た。その前の日には、沖縄の土地をひたすらあぶり続ける火炎放射器の炎を見ていた。

子供のころからこういうドキュメンタリー映像を見てきたし、なにかきっかけがあって急に見続けるようになったわけではない。しかし、見る時間は確実に少しずつ増えている。減ることはなく、増えていく一方だった。一人になってから。この数か月のあいだ。

商店街は、世田谷線の踏切を挟んで南北に伸び、踏切のすぐ横には改札もなく駅員もいない小さな駅がある。細かい雨が線路も盛り土に生えた草も濡《ぬ》らしていた。線路の行く先にはもう次の駅が見える。わたしは、水色のプラスチックのベンチで路面電車みたいな車両の到着を待った。

離婚が決まったあと一年もそのまま錦糸町の部屋に住み続けていたのは、健吾《けんご》が築四十年駅徒歩七分の２ＤＫを置いていったからだった。とにかくなにをするのも面倒で、それを売ったり次の部屋を探したり、引っ越しにまつわる手間を考えることさえも億劫《おっくう》で、それ以外の生活にまつわるすべてもとにかく億劫だった。数少ない友人がせっかく出かけようと誘ってくれたのに断わることが続いて、そのうちに自分から連絡しにくくなってしまった。土日はひたすら、広くなった部屋で眠った。だからこの一年のことはあまり覚えていない。引っ越してみると、たいしたことではなかったと思う。別にあのまま住んでいてもよかったし、賃貸に出してもよかった気もする。有子も、部屋は思い出ではなくてコンクリートでできてるから別にいいんじゃない、と言っていた。それでも、終わった縁は消えたほうがいいに違いない。

　二両編成の電車が到着し、中井はやたらと左右を見回しながら降りてきた。濃紺のアノラックの上の顔は無精髭《ぶしようひげ》に覆《おお》われ、大きすぎるバックパックはほかの乗客の降車を邪魔していた。

「引っ越すんやったら言うてえや、平尾さん」

「来るんやったら言うてよ」

「言うたら意味ないやん。びっくりさせようと思ったのに、ただのおもんないやつになってもうた」

「じゅうぶんびっくりした」

「平尾さんはやさしいな」

　踏切の近くにある喫茶店の真ん中あたりの席で、中井はコーヒー、わたしは紅茶を注文した。連なる山を分け入った先の、上級者しか来ないスキー場の民宿で四か月働いていた中井は、コーヒーやな、コーヒーの味やな、と繰り返した。雪焼けで頬の皮膚が少し剝《む》けていた。

「雪道を毎日上がってくるばあちゃんがおってな、野菜背負って持ってきてくれるねん、何歳ですかって聞いても女の人に歳《とし》聞くんは失礼や言うて教えてくれへんかってんけど、民宿のおばちゃんに聞いたら八十は過ぎてるって。ほんまめちゃめちゃ元気で息も全然切れてへん。毎年ホノルルマラソン出てるらしいで、ハワイ、三十回以上行ってるって。いや、ほんまあれやで、平尾さん、やっぱり人間は健康と金が大事やな。鍛えるのはがんばれるけど、金は今から巻き返し厳しいなあ。おれ、ほんまもう早よ年取って年金もらって寝たきり老人なりたいわ。誰も面倒見てくれへんから夢のまた夢やけどな。というか、観葉植物がええわ」

「観葉植物？」

「ただぼーっとしててみんなに眺められといたらそれでええやろ。平尾さんたまに水やりに来てえや。ウチの親にもほんま申し訳ないけどあきらめてくれへんかな。墓石買われへんからアイスの棒差しといて許してくれるかなあ。あかんやろな、そういうとこ結構厳しいから、親父《おやじ》。やー、マジで自然はええわ。人間なんか弱いなって思うもん。熊《くま》に会《お》うたら秒殺確実やし。おれなんかもう、毛ぇと歯ぁが減ったからな。やばいやろ、やばない？」

中井はニットキャップを取り、短く刈った頭を自分の手で撫《な》でた。

「いや、禿《は》げ言うほど禿げてないで、全然」

「そんな直接的な言葉使わんといてえや。平尾さんもこんなとこ住んどったら退化していくで、長生きできへんで」

「うん。三十五過ぎて何回目かの下り坂転がった感じ」

「そうやろ、平尾さんでもそう？　あかんな、動かなあかんで、今度いっしょに山登ろか。バイトのもう一人のやつが夏は山小屋におんねんて。山小屋言うてもかなり本気のやつ。電気も水もないとこ」

　登山は苦手なので、中井が説明する南アルプスの山がどこにあるのか見当がつかないまま、残り少ない紅茶を飲み、それなりに客のいる店内を見渡した。厨房《ちゅうぼう》に近い席の客はスポーツ新聞を大きく広げていた。いつの間にかプロ野球が始まっている。やっぱりここは暮らしやすそうだ。近くに銭湯もある。銭湯がある街ならたいていの人間が生きていける。ときどき踏切の警報機の音がかすかに聞こえてきたが、窓から電車は見えなかった。

「新しい家、広い？」

「1LDK。まあまあかな。新築やから作りがゆったりしてて収納も大きいし」

「新築！　ちゃうなあ、平尾さんは！　おれももう来年あたりはそういうとこ住むから。稼ぐで」

「なにして？」

「世の中の人がどんだけ心の間口広げてくれるかどうかが勝負やな」

中井は、親戚《しんせき》がやっている鋲螺《びょうら》工場の二階の物置だった場所に住んでいる。毎日現代音楽聴けるで、ぎゅぃーん、ごぅうん、きゃきゃーって、おれはもう飽きて気ぃ狂いそうやけど、と初めて会ったときすでに言っていた。

それから中井は、雪山で遭遇した鹿《しか》や貂《てん》の話をし、一週間ほど知り合いの家に泊めてもらうからそれまでに会えたらまた会おう、と言ったので頷《うなず》いたが、会えない気がした。

喫茶店を出てすぐ前に見える世田谷線は電車がちょうど出るところで、踏切は遮断機が下りて警告音が鳴り響いていた。

「あ、そやそや、クズイって行方不明やねんて」

甲高い警告音に紛れかけた中井の声から、聞き覚えのある名前を拾って、復唱した。

「クズイ？」

わたしと中井は、十一年前、一九九九年に、大阪の本町で開催されていた写真のワークショップで知り合ったのだが、クズイも参加者の一人だった。半年間、二週に一度木曜の夜に、古くて間口の狭いビルの三階で、何人かの写真家が交代で講師を務め、二〇〇〇年の三月に二階のギャラリーで作品を展示して終わり、というごく普通の写真教室だった。参加者は十二人、二か月ほど経《た》ったころには、誰にでもすぐに話しかける中井と、普段はほとんどしゃべらないが合評のときになると本人以外にはわからない比喩《ひゆ》でぼそぼそと説明するクズイと、わたしと、あと二、三人が帰り道でそれなりに飲み食いするようになり、九九年の暮れ頃に一度だけ、家に暗室を作ったというクズイの家に五人で行った。写真教室が終わったあと、中井は三年ほどロンドンに住んでいたのだが、その間も含めて途切れつつも交流があった。しかし、クズイとは修了展示の打ち上げ以来、直接連絡を取ったり会ったりしたことは一度もなかった。

「っていうても、もう五、六年前かららしいし、どっか外国行って帰ってけえへんだけみたいやけど」

「外国ってどこ?」

遮断機が上がり、わたしと中井は線路を横断して電車が出ていったばかりのプラットホームへ、四段しかない階段を上った。

「インドネシアとかボルネオとか言うてた」

「誰が?」

「クズイの妹。おれ、たまたま会うてん、大阪城で」

「妹なんかおったんや。なかちゃん、前から知り合いやったん？」

「いや、たまたま大阪城でなんか変わったもん食べてる子らがおったから話しかけたら、その中の一人がクズイちゃんって呼ばれてたから。そんなポピュラーな名前ちゃうやん？　葛井って。一応聞いてみたらまじでそうやって。すごない？　すごいよな」

「妹って、何歳？」

写真教室に来ていた当時のクズイは、山男のように顔中鬚《ひげ》だらけ、さらには熊に似た大柄で猫背の体格も合わさって老《ふ》けて見えたが、参加者の中でいちばん年下の二十一歳だった。だから今は……。と、頭の中で数えてみた。三十一か。あのときはわたしは二十六で中井はその二つ上。皆、年の差だけはいつまで経っても同じだけ間隔があいている。生きている限りは、たった一日でさえも増えたり減ったりはしない。生きている限りは。

「二十四かな。妹いうてもお母さんが違う、ほら、クズイって親父が再婚でちょっと若いお母さんおったやん」

「そやったっけ」

「出前で天丼《てんどん》取ってくれたやん。遊びに行ったとき、その妹も家の中におったらしいで。受験勉強してんのに得体の知れん奴《やつ》らが大騒ぎして、放火したろかと思ってたって言うてたわ」

「全然知らんかった」

もう断片でしかないクズイの家は、大阪の街なかにはよくある間口の狭い建て売りで、一階のガレージ部分を改装した暗室のある作業場みたいな場所にしか、わたしは入らなかった。

「クズイの末路？　いつやろなあ、最後に会うたときは、酒屋でバイトしてるって言うてたけど」

「うーん、なんか、クズイが、わたしに見せたいもんがあるから持ってくるとか言うてて、それがわからんままやった気がする」

わたしは夜中にみんなで花見に行ったときの、暗がりで見たクズイの横顔を思い浮かべたが、そんな顔だったか自信が持てなかった。また今度持ってくる、と、言っていたのは確かだ。

「あいつな、ぼそぼそ言うて、いつもようわからんかったから」

「そやなあ」

わたしは断片的な記憶をたぐりつつ、なんとなく周りを眺めていたら、中井の向こうで、ベンチに座っている若い男が握っている煙草《たばこ》の包みにふと目を留めた。男は貧乏揺すりをしながら、手の中の包みも落ち着きなく弄《もてあそ》んでいた。その薄いオレンジ色を、わたしは久々に見た。懐《なつ》かしいものであることも忘れるくらいに、ひさしぶりに。

「あの煙草って」

わたしは、中井に小さな声で聞いた。

「今でも売ってるんやな」

中井は、最初なんのことかわからずにきょろきょろしていた。

「わたしのじいちゃんが、いっつも吸うててん」

「あ、あれ？　エコー？」

中井は声の音量を落とさずに言ったので、自分のことを言われていると気づいた男が、こっちを見た。中井は、戸惑わずに近づいていった。

「あー、どうもすみません。その煙草、この人の思い出の品らしくて」

男は充血した目でわたしたちをじろじろ見て、それから立ち上がると、オレンジ色のその煙草の包みを、中井に投げるように渡した。

「いるんだったら、どうぞ」

それから、ホームの反対側の階段を下りて、どこかへ行ってしまった。

「悪いことしたかな、おれ」

「ごめんごめん。わたしが変なこと言うたから」

と言いながら、あの人はここで誰かを待っていたのかな、と気づいた。警報機が鳴り始め、反対側に下高井戸行きの電車がやってきた。中井の手に握られた包みを、わたしはじっと見た。薄いオレンジ色の紙も簡素な書体の「echo」というロゴも、わたしの古い記憶にはっきり刻まれたデザインだった。

「これ、まだ売ってんねんな。昔と全然変わらへん」

「安いからたまに吸うてる人おるな」

「あと、黄緑色の、似たような雰囲気のんをばあちゃんが吸うてた」

「わかば？　あれも安いんや」

「そういうことか。高齢者専用なんかと思ってたわ」

「渋いな。これ、いる？」

中井は聞いたが、煙草は吸わないし、手元に置いておきたいほどの思い入れはなかった。普通に売られているものらしいし。

「いらんのやったら、もろとこか。二本しか入ってないけど」

次の電車が来るまでの五分ほどのあいだ、小雨を眺めて中井の話の続きを聞きながら、わたしは、頭に浮かんだ祖父と祖母の住んでいた部屋の光景の細部を辿《たど》っていた。当時はまだ建てられて間もなかった公営住宅の一階の、二間続きの和室。仏壇だけが大きく立派で、ろうそくの形をした電灯がいつもついていたが、あとの家具は安物ばかりだった。箪笥《たんす》の上には祖父が煙草の包み紙で作った傘や五重塔が、拾ってきたガラスケースにフランス人形や博多人形といっしょくたに並べられていた。その傘や五重塔が、祖父と祖母が吸っていた煙草の包みの、黄緑とオレンジで構成されていた。セブンスターの星が、ところどころに混じっていた。祖父も祖母も煙草を手放さなかったが、それなりに長生きした。祖父はもうすぐ百歳というところまで。正確な年齢は知らない。

3

月曜から金曜までは会社に行く。押しつぶされそうに混んだ地下鉄を降りて、歩く。別の駅のほうが会社に近いのだが、一駅だけのために乗り換えても、ここから歩いても同じくらいの時間になるので、歩いている。

世田谷線の中で見ていた本の続きを、歩きながら、というよりはほとんどは信号待ちのときに読んだ。本、といっても、著作権切れの作品を集めた電子書籍が読めるiPhoneのアプリケーションでダウンロードした、作家の日記だった。明治通りの歩道をそれぞれの職場に向かって歩く人々に追い越されながら、iPhoneを持った右手の親指で液晶画面を撫《な》で、日付を追った。

六十五年前のその日記には、わたしが今住んでいる地名が書いてあった。日記を書いた人がそこに住んでいた。世田谷区若林。

毎日書いているのではない日記。続けて書いたり間があいたり、一日分の長さもまちまちだった。探偵小説やSF小説を書いていた作家だということはもちろん、海野《うんの》十三《じゅうざ》という名前も、知らなかった。五年前まで住んでいたあたりに引っ越そうかとインターネットであれこれ検索していたときに初めて、たまたまその人の家が「若林」にあったこと、そして爆弾が落ちた日のことを日記に書いていることも知った。

四月九日

○建物疎開で、町の変貌甚し。三軒茶屋より渋谷に至る両側に五十メートル幅で道を拡げるというが、それを今盛んにやっていて、大黒柱に綱をつけ、隣組で引張って倒している。

そうやって建物を壊した道の地下をそのあとでまた掘ったトンネルを、わたしはさっき地下鉄に乗って走ってきた。四月九日は明日だった。

わたしが契約社員として勤めて四年目になる会社は、商社の子会社で物流を扱っている。その前も同じ業種の別の会社で働いていた。この会社に通い続けている最大の理由は場所がいいからだが、今では寄り道もほとんどしなくなった。

午前中に予定外の問い合わせ電話が続いて仕事が進まなかったので、昼休みも席で作業をしていると、同じ契約社員だが二年目で、年は一回り下の加藤美奈《みな》が薄暗いフロアに戻ってきた。

「平尾さん」

加藤美奈は、真横に立ってわたしの名前をはっきり呼んだ。明るい茶色のショートヘアに健康的な丸顔で、なにがうれしいのかと聞きたくなるほどにこにこして話し始めた。

「今年はどうするんですか？　試験、受けます？」

正社員の登用試験が夏前にあり、申請の締め切りは来週だった。

「いえ、まだ決めてないです」

「わたしは、受けてみようかなって」

「そうしたほうがいいと思います。せっかく勧められてるんだし」

　去年、わたしも、課長に推薦するからと促されて受ける気になっていたのが、直前になって部長が今年は採用人数を絞っていて可能性がほとんどなくて骨を折ってもらうのが申し訳ないので辞退したほうが平尾さんの負担も少なくて済むと言ってきて、そういうことならと申請を取り下げたのだが、あとになって部長が別の契約社員を推薦して合格させたことを知った。

　気まずそうに謝ってきた課長に、人間だから人の好き嫌いがあって当然ですし仕方ないですよね、ははは一、と気を遣ったつもりで言ったら、いやいやいやそうじゃなくて条件的なことでその一、と余計に慌《あわ》てて弁解するのでかえって気になった。経緯さえ説明してくれればすっきりするのに、なぜわざわざ別の理由を言うのかわからなかった。当の部長も普段はわたしとその社員に扱いの不公平もなければ愛想よく接するので、こだわらないようにとは思うものの混乱を引きずったままだ。それでも、仕事に出かける先があるということが、この一年のわたしの生活をなんとか保ってくれたから感謝はしている。

複数の人間が関わって、二重三重に暗黙の了解みたいなもので囲われた状況が苦手だ。それは三十六歳にもなって人の気持ちを考えられない、もしくは人づきあいのルールがわからない未熟な人間ということなんだとも思う。

去年は違う支店だったので事情を、ついでにわたしの一年前までの名字も知らない加藤美奈は、明朗快活な声で重ねて聞いた。

「平尾さんは、なんで受けないかもしれないんですか？」

「締め切りっていつでしたっけ？」

嘘《うそ》をつけるようになりたい。

パソコンの画面には、港の名前がいくつも表示されていた。わたしの視線を辿った加藤美奈は、きれいにマーブル模様の描かれた爪《つめ》で画面上の地名を指差した。

「わたし、ここところ、行ったことあるんですよ。メジャーじゃない街に行くのが趣味なんです」

「へー、どんなところでした？」

「ロッテルダムはおもしろい建物がいっぱいあって、家もかわいかった。天津は、何百種類も餃子《ギョーザ》があるレストランに行って食べ過ぎて、あと死にそうに寒かったですね。真冬に行ったから。平尾さん、旅行とか行かないんですか？」

「行かないですねー。十五年前にトルコに行ったのが最初で最後の海外旅行で、国内も滅多に……」

「トルコ？　旅行上級者じゃないですか」

「いえ、たまたま海外旅行が趣味の友だちにいっしょに行ってくれる人が誰もいないからって誘われて。パックツアーでひたすらバスに乗せられて観光地とお土産屋さん回っただけだから、全然上級じゃないですよ」

「楽しかったですか？」

「たくさん考えることがありました。ほんとはいろんなところに行きたいんですけど、行動力がまったくないもので」

「行っちゃえばいいんですよ。ことかどうですか」

加藤美奈が小首を傾《かし》げてにっこりしたので、わたしもほほえみ返した。細い指が置かれたところには「廈門《アモイ》」とあった。わたしがマウスとキーボードを操作して書類を作ると、コンテナは船に乗ってその場所へ行く。実際に見たことも触ったこともない材料や商品が、海を越えて、見たことも行ったこともない場所へ行く。わたしのクリック一つで、遠い場所へものを動かせる。気分だけでも、そうしておく。

「わたし実はー、つきあってる人が、廈門の出身なんですね。内緒ですよ」

加藤美奈はひたすら笑顔を向け続けていて、だんだん怖くなってきた。他人の恋愛関係について、聞かずに失敗した経験と、聞いて失敗した経験と、わたしには両方あるので様子をみることにした。

「そうなんですか」

「そうなんです」

続きがない。1詳細を言う、2聞いてほしいと言う、3言わない、のいずれかを選んでほしい、と思う自分はコミュニケーション能力が欠如しており人の心がわからないということなのだろうか、と気が引けてしまう。三十年も前から、同じことを繰り返している気がする。

休憩時間の終了が近づき、従業員たちがばらばらと戻り始めた。わたしの席からは窓は遠く、その窓が切り取る風景は隣に建つビル二棟の窓と壁で占められていた。

日々の中にあることが、ばらばらに外れてきた。

長い間そうだったが、このところ特にまとまらない感じがする。人と話したり家にいたりテレビを見たり電車に乗ったり、勤務先でパソコンに向かって文字と数字を入力したり電話を受けたり、それから先週のことやおととしのことやもっと前のことを思い出したり、そういうことが自分の一日の中に存在するのは確かだが、それらが全体として現在の「自分の生活」と把握できるような形に組み上がっていなくて、ただ個々の要素のまま、行き当たりばったりに現れ、離れ、ごみのようにそこらじゅうに転がっている。

帰りの世田谷線に乗っているあいだ、入江さんのことを考えた。

入江さんのことは、ときどき思い出す。アフリカでのあの事故で入江さんが死んだのは一九九四年だったので、十六年も経つなんて信じられない。というよりは、入江さんが死んだということ自体、ずっと宙に浮いたように、うまく飲み込めないままになっている。もともと会ったことのない人が会えなくなっても、わたしにとっては違いがないからかもしれない。

会えない人と死んだ人と、全然違うとしたら、どこに決定的な違いがあるのか。たとえば、クズイ。

クズイには十年会っていないし、特別仲がよかったわけでもないから今後も会うことはないと予想される。音信不通のクズイがもしどこかで死んでいたとして、死んだことを知るより先に自分が死んだら、それはただ死ぬまで会う機会を逸していた他の大勢の知人たちと、何か違うところがあるんだろうか。

健吾も、おそらくこのまま会わない。健吾を思い出すと、今ではもれなく女もついてくるようになったので、考えないようにしている。

生きていけない、と女は言った。わたしは健吾がいないと生きていけない。だけど、あなたは違うんでしょう、と。

泣いているらしい声で電話の向こうから言われて、わたしは考えた。健吾がいなくなったら。もう少し仕事で稼げるように努力するとか生活を切り詰めるとかするだろうし、ほかに楽しいことを探すだろうし、誰かに話を聞いてもらおうとするかもしれないし、とりあえず、確かに、生きていけなくはない。男と別れたからって内臓や脳に病気ができるわけではないし、それとも「死んでやる！」みたいな、あれか？

ほら、この人、答えられないじゃない。

女が、呆《あき》れたという感情を表明するためにわざとらしく笑った息が電話のマイクに触れてざらざらと雑音をたてた。健吾のことがだいじだったらわたしを罵《ののし》って殴ってでも守ればいいのに、黙ってるのね。健吾を守れないってことだよ、その程度の気持ちなんだよ。わたしは絶対に健吾を守るんだから。

守る？　その言葉をどのような意味で使っているのかまず教えてほしいと思っていたら、女が、黙ってないでなにか言ってよ、と言うので、あなたと健吾の問題とわたしと健吾の問題は別だと思うんですが、と答えたら、はあ？　ばかにしないでよ、と怒りだした。顔の見えないその女について、泣いたり笑ったり怒ったり大変そうだな、と思った。今は気持ちが盛り上がってるのだろう。

電話を代わった、というよりは、女に電話機を押しつけられたらしい健吾は、ごめん、と言った。

いや、別に。

とにかく会って話し合おう、というようなことを健吾は言っていた。女の言いなりに電話をかけてきた時点で、残っていた気持ちも消えた。こんなにつまらない男だったと知らされる前に、もう少し早く別れると決めておけばよかったと思った。いずれにしろもう続かないことはお互いわかっていたのだ。電話が切れたあとで、残りのローンを含めてマンションはどうするのか、聞くのを忘れていた、と気づいた。その後、健吾が残額を支払ったことが、なにより意外なことではあった。相当な築年数の上にベランダ側の隣にマンションが建って格安になった掘り出し物件だったから、支払えない額ではなかったのだろうが、その行動からは健吾の申し訳なさよりも早く解決したい気持ちを感じた。女のほうにも慰謝料請求できるのに、と進言してくれる知人もいたが、わたしに争う気力はなかった。くだらない揉《も》め事と、一年後にマンションを売って銀行口座に振り込まれた今まで手にしたことのない金額との釣り合いが、どうしてもつかめなくて、ただ気持ち悪かった。難民を支援しているいくつかの団体に寄付してみたりしたものの、どこか後ろめたい感情は消えないままだった。

暗い中を走ってきた二両編成の世田谷線は降車駅に着いた。降りた人たちは踏切の前に並び、自分たちがさっきまで乗っていた車両と、同時に駅に着いた反対側の車両が、明るい輝きを放ちながらそれぞれ次の駅へと出発していくのを見送った。

4

土曜日には、朝から洗濯をした。引っ越しついでに整理するつもりだった洋服や寝具がまだ残っていて、まず布団《ふとん》カバーを洗って干した。前の古いマンションに比べてベランダは奥行きがあり、なにより日当たりがいいので洗濯は多少楽しくなった。ベージュの布団カバーを広げると、ベランダはまぶしいくらい明るくなった。路地を挟んだ向かい側は二階建ての家ばかりで、その上にはすっきり晴れた空が広がっていた。この場所が少し高くなっているのか、遠くまでよく見える。驚くほど背の高い欅《けやき》は、いつの間にか大量の緑の葉で覆《おお》われていた。右手の先には、三軒茶屋のタワーマンションとキャロットタワーという名前だが円錐形《えんすいけい》ではなく直方体の高層ビルが、周りの建物と不似合いにそびえていた。

　がしゃん、ごん、ごとん、と重さのある音が響いて、見ると、突き当たりのT字路のTの字のちょうど真ん中の位置にある自動販売機で、作業服を着た男が何かを買ったところだった。男は、缶コーヒーらしき缶をすぐに開け、その場で飲み干して缶を隣に置かれたごみ箱に捨てていった。そのあと、同じ方向から乳母車みたいなカートに巻き毛の犬を乗せた老女が歩いてきて、お茶を買い、その場でときどき犬に話しかけながら飲んだ。

　こんなところに自動販売機を置いて元が取れるのか、疑問に思っていたが、買う人は結構いるようだ。このあたりは道が入り組んでいて、あの道は駅への最短経路の一つで意外に通行量もあるらしい。駐車場の持ち主が、自動販売機のオーナーだろう。場所代はどれくらいもらえるのか、電気代はオーナー負担なのか、土地持ちはいろいろと収入の口があって強いものである、わたしもマンション置いといて賃貸に出したらよかったかもなあー、と思うあいだに洋服も干し終わり、ベランダは洗濯物でいっぱいになった。

　日本茶を入れてソファに座り、テレビとチューナーの電源を入れる。とうとうNH

Kの放送済みの番組を見られるサービスにも加入してしまった。番組表を見たり、オンデマンドサービスの作品を検索して「世界ふれあい街歩き」を見たあと、結局、前の夜に見ていた、録画した番組の続きを再生した。

荒れ地には、深い霧が立ちこめていた。アフガニスタンは、わたしが思っているより寒い場所のようだった。小屋から出てきた男たちは皆、ロケットランチャーを肩に担《かつ》いでいた。誰でもどこでも持ち歩いていて、この場所ではそれが、携帯電話並みの必需品らしかった。RPG、と略すと最近知った。日本ではロールプレイングゲームだが、彼《か》の地では「携帯式対戦車グレネード」を意味するロシア語の略称だ。

男のうちの一人が携帯電話で連絡を取り、即席爆発装置（IED）の標的となる自動車が通るコースと時間を教えられた。男たちはこっちがいいあっちがいいと相談し、あるいは上層部への不平を言いながら、霧に覆われた荒野をだらだらと歩いて行った。土嚢《どのう》を積んだ陰に座り込んで待つが、いつまで経っても、茫洋《ぼうよう》と続く道には、自動車が現れる気配などない。男たちは、互いに文句を言い合い、作戦の失敗を罵《ののし》るボスからの電話に、言い訳をしたりしはじめた。彼らの話す感じは、たとえばヤンキーものの漫画でバイトをさぼって怒られてぐだぐだしている場面に似ていた。なんだろう、これ。わたしは覆面をした彼らに妙な親しみを感じて、画面に見入った。別のドキュメンタリーで見た、アメリカ軍の重装備と緊張感とはかけ離れた、言ってみればジャンルの違う映画のようだった。しかし、夏休みの高校生みたいな牧歌的とも呼んでいいかもしれない雰囲気で会話を繰り返す彼らが仕掛ける手作りのシンプルな爆弾が、確実に、別のジャンルから走ってくる車を破壊する。向こう側も、こちら側も、接触すれば一瞬で死ぬ。その深刻さと、ヤンキー漫画みたいな会話との落差に、「絶望的」という言葉が浮かんできた。絶望的に、混じり合わない。あちこちでぶつかり合うだけ。

台所のテーブルで充電器に差していたiPhoneが鳴った。有子、と表示されていた。

「ごめんごめん、遅くなっちゃって」

「あー、だいじょうぶ」

「でね、わたしこれからちょっとお店に行って手伝ってこなくちゃいけないの。だから、昇太だけ先に連れて行くから、一時間くらい見ててもらえないかな？」

有子は昼間は倉庫の検品のパート、夜は知人のバーでアルバイトをしている働き者だ。家でごろごろするのが好きなわたしは見習わなければならない。

「いいよ。今から来るの？」

「というより、もう着くと思うのね。おじいちゃんが、いっしょに行ってくれたから」

「おじいちゃん？」

と聞き返した瞬間に、ピンポーンとインターホンが鳴り響いた。同じようなことがこのあいだもあったな、と思ったが、今度はモニター画面におじさんに抱えられた有子の息子が映っていた。

小さな画面の中では、昇太の手が上下に動いてどうやら機械を叩《たた》いているらしく、「おじいちゃん」のほうはどこを見たらいいのかわからないという感じで視線をさまよわせていた。

「有子の父ですがー」

「ああ、はいはい、えーっと二階に上がってすぐ右です」

と言うのと、解錠ボタンを押すのと、電話の有子に答えるのといっぺんにして、電話が切れた瞬間に今度は部屋の玄関のインターホンが鳴った。

ドアを開けた途端に、昇太が言った。

「砂羽ちゃん、ぼくはジュースが飲みたいです」

「えーっと、ごめんジュースはなくて、お茶でいい？」

「お砂糖入れてくれますか？」

「普通のお茶でいいだろー、おまえ、昨日もおれが砂糖入れてやったら飲まなかったじゃないか。すいませんねえ、厚かましくって。おれはすぐ帰るから」

有子の父は、身長は低いが、目鼻立ちのくっきりした南方系の顔をしていた。

「有子さんにはいつもお世話になってます。あの、お茶でも……」

「おちゃーっ」

靴を脱いで昇太が台所のほうへ走って行った。

「なんだよー、お茶飲むのか飲まねえのかどっちだよ。ねえ、ほんと。ではお邪魔します」

台所でわたしがやかんを火にかけようとすると、腰のあたりから昇太がこっちを見上げて言った。

「えー、お茶冷たくないんですか？」

「氷入れてあげるから」

「買ってきたほうが早いですよー」

どうしようかと思って視線を移すと、有子の父は部屋の真ん中に立って、ついたままのテレビを凝視していた。

「変わったもん見てるね」

四角い画面の中では、ロケットランチャーを担いだ男たちが小屋の周りで相談をしていた。撮影者のナレーションが、男たちの一人から立ち去らなければ命はないと告げられたので取材を中止すると説明していた。すでに人質が一人、首を斬《き》られていた。

「あなたの趣味？　一応さあ、五歳には刺激が強いんで」

「あー、消します消します。すいません」

わたしは慌《あわ》てて駆け寄り、テレビの主電源ボタンを押した。レコーダー自体はまだ再生を続けていて、カウンターが正確に一秒ずつ時間を刻んでいた。わたしが見なくても、この機械の中では戦争が続く。

「じーちゃーん、お茶買ってきて」

「わがまま言うなって。そこに、自販機ありましたよね。ちょっと行ってくるな」

「すいません」

有子の父はさっさと出て行った。ベランダの窓に張りついていた昇太は、

「あ、じいちゃん見えた！」

と叫んだ。覗《のぞ》くと、ベランダの柵《さく》の隙間《すきま》に路地を自動販売機のほうへ歩いて行く有子の父の姿が見えた。サッシを開けて、道のほうを覗き見ると、少しも左右を見たりせず、まっすぐ歩いて行って迷わずに同じお茶を三本買ってやっぱり脇目《わきめ》もふらずに

戻ってきた。

「悪いねえ。ウチの娘はほんと人に頼るのだけはうまくてなあ」

「でも、わたしも有子さんのそういうとこに助けられてますから」

昇太がテレビを見たいと言ったのでアニメチャンネルをつけたら、そうではなくて持参したアイドルグループのミュージックビデオを再生してくださいと差し出された。そして、テレビの前で振り付けを真似《まね》始めた。幸い、真下はマンションの玄関スペースだし、右隣はまだ空き部屋、左隣の姉弟はあまり在宅していない。そもそも、姿を見たこともない。

グラスにお茶を入れたのを忘れてペットボトルのほうを直接飲みながら、有子の父が聞いた。

「さっきみたいなの、よく見てんの？　アクション映画じゃないよな」

「まあ、ときどきですけど」

「モテないよ」

有子の父は、昇太とテレビのほうを向いたまままそう言った。

「まあ、そうですね」

健吾も、おれのいるときにはそういうの見るなよと言った。作り物の映画ならいいけども。

「男が来るときはもうちょっと楽しげなやつつけとかなきゃあ。というか、テレビなんかないに越したことないんだけどさ。誰かを自分のほうに来るようにしようと思ったらさあ、自分といる時間がいかに楽しいかってことをアピールするのが健全だと思うんだな」

仕事で疲れて帰ってきた家で妻が殺し合いのドキュメンタリーを見ていたらそれはいやになるだろう。悪いことをした、と今は思う。たまに見ていただけだし、一度言われてからは見なかったし、それが離婚の原因でもなく、やり直したいとか戻りたいとかそんな気持ちではないが、もう少し、人として思いやりがあればよかった。

「有子にも言われました」

「あいつ、結構おれの受け売り多くて。男の趣味はよくないのが問題だよなあ」

昇太がわたしの手を引っ張りにきた。

「砂羽ちゃん、いっしょにやってください。こっちの人ね」

「はいはい」

わたしはテレビの前に昇太と並んで立ち、画面の中のチェックのプリーツスカートをはいた女の子たちと昇太を見比べながら、手を上げたり左右に動いたりした。

有子の父は構わず続けた。

「ああいうの見るのは、暇だからじゃないかと思うんだけどね。ほんとに大変だったら、他人の大変なのまで見たくないじゃない」

わたしは一回転して、右手を振りながら答えた。

「知ってます」

一九九一年と一九九二年、わたしは受験生で暇だった。特に九二年はほとんど人にも会わず、家で導入されたばかりの衛星放送で英語の勉強と理屈をつけて外国のニュースチャンネルをよく見ていた。それで九二年に起きていたユーゴスラヴィアの内戦のことを自分にとって特別な意味のあるもののように勝手な思い込みを持っているのだろうと、そして去年からまた暇になって光ファイバー経由の映像サービスに加入して同じようなことをしているだけなんだと、自分のことだから知っている。わたしは戦場には行かないし、少なくとも家でテレビを見ることのできる環境にいる。

昇太の四分の一くらいしか動きを合わせられないわたしを見て、有子の父は軽く笑った。

「いや、違うか、急に上がり込んだおれが悪いよな。あなた、一人で見てただけだ」

「いえ、こちらこそすみません」

右足を軸に再び回転したところで、わたしは画面の女の子の動きを見失った。

「砂羽ちゃんー、違うよ、こうだよ、こっち」

「昇太もそればっかり見るなよ。おれまで全部覚えたじゃん。外行くか、外」

昇太はやっと動きを止め、彼の祖父のほうを振り返った。

「えー。有子ちゃん来てからでいいよ」

「公園行ってみようか」

「砂羽ちゃんがそんなに言うんだったらいいけどさー」

踏切を越え商店街を歩いていると、外からよく見える囲碁将棋クラブで有子の父が足を止めたので、わたしは昇太と二人で商店街を抜けた先の神社の隣の公園へ行った。背の高い幹の立派な松が何本も並んでいるので、なんとなく海辺に来たような気分になった。しばらく昇太の虫探しにつきあった。公園の入り口に有子の父の姿が見えたと思ったら、大きな身振りつきで、

「このまま帰りまーす。昇太、いい子にしてろよー」

と叫んで帰っていった。

それから昇太は年の近い女の子たちを見つけて遊び始めたので、わたしはベンチに座って、彼らの家族ごっこの様子や、女の子たちの母親の立ち話をぼんやり眺めてい

たら、昇太が走ってきた。

「有子ちゃん来たよ」

「どこ？」

昇太が指すほうをしばらく凝視すると、やっと商店街の方向に有子の姿が見えた。

「あんな遠いところまで見えるのかー」

と言うと、昇太は得意げに頷《うなず》いた。商店街の先の公園、とメールで知らせておいただけなのに、有子はまったく迷う様子もなく歩いてきた。

「おじいちゃんは？　帰ったんだ？」

それから有子は、昇太と女の子たちの遊びに少しだけ参加し、母親たちとそつなく挨拶《あいさつ》的な会話を交わし、ベンチのわたしの隣に戻ってきた。

「有子のお父さん、おもしろい人だね。おじいちゃんって呼んでるの？」

「なんかねえ、本人がそう呼ばれたいって。階級が上がった感じがするみたいよ。名前だけで気分上げてるんじゃない」

「おじいちゃん、って雰囲気じゃないけどね、見た目は」

わたしの父は「おじいちゃん」になることはなかった。父方の祖父が死んだのはわたしがまだ四歳の時だったからほとんど記憶がないのだが、母方の祖父は、わたしが生まれてから祖父が死ぬまで三十年近く、孫がいるという意味でも外見も「おじいちゃん」だったし、死んでからも「おじいちゃん」のままだな、とふと思う。祖父に「お父さん」やそれ以前のときがあったことを実感するのは難しい。広島でホテルのコックをしていたと聞いても、他人の話に思える。「おじいちゃん」以前の写真も見たことがないから、余計に想像しにくいのかもしれない。

わたしは言った。

「子供のころ映画とかドラマとかに出てくるじいさんが好きでさあ、笠智衆《りゅうちしゅう》とかジャッキー・チェンのカンフーの師匠で眉毛《まゆげ》の端が三つ編みになってる人とか」

「眉毛なんかどうやって三つ編みにするの？」

「じいさんて眉毛伸びる人いるじゃない。あれがものすごく伸びた版。それは行きすぎだけど、わたしもじいさんになったら眉毛が伸びて枯れた感じの渋い人になりたいってずっと思ってて、眉毛はいつ伸びてくるんやろ、って思ってたけど、ある日突然、違う、わたしはじいさんにはなられへんのや、ばあさんになるんや、って気づいてショックで」

「何歳のとき？」

「高校一年かなあ。だって、誰でも年取ったらじいさんになるのに、自分はなられへんなんて不公平じゃない？　自分のこと、女ってあんまり意識してなかったから」

「……砂羽って、いろんなことたくさん知ってるけど、頭いいのか悪いのかわからない」

「そうね」

「女じゃないって、じゃ、男だと思ってたの」

「たぶん、違うと思う。どっちでもないというか、女っていうのも、男っていうのも、自分とは別の存在みたいに遠く感じてた」

　ジャングルジムの下で、昇太は相変わらず女の子二人とごっこ遊びをしていた。女の子と遊ぶほうが好きらしい彼は、自分のことをどういうふうに捉《とら》えているのか、今度聞いてみたい。テレビのニュース番組が好きなせいか「ですます」で話すようになった昇太に対して、両親ともに働いていて一人っ子だったせいもあって子どものころ毎日十時間近くテレビばかり見て育ったわたしは、勝手な思い入れを持っている。

　有子は、けらけらと笑った。変な声なので、アフレコのように顔とずれて聞こえる気がする。

「大人になりたくない的な、あれなんだね」

「どうだろ。大人は飛ばして、じいさんになりたかったのか。早く悟って、陶淵明《とうえんめい》みたいに山奥で暮らしたいと思ってたなあ、国語の教科書開いて」

「トウエンメイ？」

説明しかけたら、昇太が走ってきた。

「おなか痛いです」

「えー。もうちょっと腹鍛えなって言ってるじゃん」

それで一度わたしの部屋に戻って、ついでに昇太は昼寝をして、わたしと有子は踏切脇の昔ながらのパン屋で買ってきた、おいしすぎてやばいのでやばパンと呼んでいるジャム入りのデニッシュ食パンを食べた。バスに乗って馬事公苑《こうえん》へ行って八重桜と馬を見て、近くのファミリーレストランでハンバーグを食べてそれぞれの家に帰った。


夜になって、中井から電話がかかってきた。今日は大阪城に行ったという。中井がしょっちゅう大阪城公園に行くのは、家は居候《いそうろう》だし、仕事もないし、家から自転車で五分のそこが市の中心部ではいちばん広い公園だし、天守閣以外はタダだし、人がたくさんいるからだった。家にいづらい代わりに、大きな庭にいる。

京橋のほうからではなく森ノ宮駅側の入り口から入って植木市を見て、公園の中へ歩いて行くと、濠端《ほりばた》で体操みたいな動きを練習している若い女が三人いた。外濠の柵の前で、高い石垣のほうを向いてもたもたと動いていて、ジャージにTシャツの後ろ姿が三つ並んでおかしかったので、なんかコンテストにでも出はるんですか、と聞いてみた。振り返った女の子たちはひとしきり大笑いし、真ん中のいちばん背の低い長い髪をてっぺんでまとめた子が、今度会社の創立記念日があるので新入社員は出し物をせなあかんのです、と答えた。出し物って、今のなに？　と言うと、ヒップホップダンス、と顔も中学生みたいな右側の子が答えた。

　それから自転車を停めて、青屋門の橋を渡って本丸のほうへ行こうと歩いて行くと、門を入ってすぐの石段の上の柵のところに、座って本を読んでいる女がいたので登っていって、なに読んでるんですか、と聞いた。振り返った女は、中南米系の、どちらかというと先住民寄りの顔で、カールした黒髪を虹色《にじいろ》の革紐《かわひも》で結んでいた。二十歳ぐらいに見えた。なに読んでるんですか、ともう一度言うと、女は、聖書です、と答えた。発音は多少たどたどしいが、言葉はしっかりと理解しているようだった。キリスト教信じてんの？　と聞くと、はい、そうです、と言うので、前から一回聞いてみたかってんけど神様ってどんな感じなん？　おとうさんとかおかあさんより全然もっと上の存在？　女は中井をじっと見て、日本の人に説明するのは難しいかもしれませんが、なにかを決めるときに質問します、これで間違っていないか、正しいか。あーはいはい、なんとなくやけど、それはたぶん日本ではぁ、道徳っていう感じとちゃうかな。女は頷いた。よりどころ、という言葉を教えてもらいました。中井は感心した。へえー、ええこと言わはるな。誰に聞いたん。今生活している教会の人です。さすが。ところでどっから来たん？　どこの国の人ですか？　ブラジルです、サンパウロ。わたしは、いろんな人に会うのが好きですね。誰かと話して考えるのはとてもおもしろい。へえーっ、おれといっしょやな。

「平尾さん、わかる？　道徳みたいな感じって。どこの学校行くのか、なんの仕事するのかも神様に相談する言うてたで、その子は」

携帯電話を耳につけたまま、わたしは冷蔵庫を開けて黄色い光の中からペットボトルのお茶の残りを取り出して飲んだ。

「わかると言えばわかるけど、心底納得するほどわかったとは言われへん」

「おれも似たようなもんかなー。相談って言うてもなあ、向こうがなんか答える訳じゃないやろ？　答えるんかな？　それが神様がおるってこと？」

中井が聞く前に、女が聞いた。あの音、なんですか。不思議な、違う風みたいな音。ああ、あれ、のこぎりや。のこぎりを、こうやって挟んで演奏する。中井は、身振り手振りでまずのこぎりを説明し、それから大型ののこぎりを足の間に挟んで弓を使って弦楽器のように演奏するということを説明した。女が笑ったので、中井は喜んだ。

天守閣の下の広場をうろついて、濠のほうにまた降りて、釣りをしているおっさんたちの応援をしようと思った。釣りをしている人の応援というのは、金のかからない遊びとして中井の楽しみの一つである。しかしこの日は、禁止の釣りをかなり堂々とやっている人々がいるポイントにたどり着く前に、東外濠端の、前と同じあたりでクズイの妹に再び会ったので、釣りの応援はしなかった。

クズイの妹は京橋駅近くの学習塾に勤務していて、昼すぎで仕事が終わる日曜には歩いて行ける大阪城公園に寄ることが多かった。クズイの妹も、大阪城公園はタダやしいろんな人がいるから、と言ったので、中井は、心根の良い子だと思った。のこぎりを弾いていたのは、クズイの妹の知り合いで、今までそれを眺めていたが、のこぎり演奏者は夕食の支度があるために帰宅し、クズイの妹は城の周りを回って帰ろうと思っていたらしい。

「名前はなんて言うの、クズイの妹」

「そらクズイやろ。あ、離婚したから……」

「いや、下の名前」

「あー、そうか。聞いてないわ。今度聞いとく、って会えるかわからんけど。こっちのメールは教えたけど、クズイの妹は教えてくれんかったしな」

「二十四とかの子からしたら、十分おっさんやもんな。会《お》うたら、フルネームで確認しといて」

そのあと中井はクズイの妹と世間話程度に少し話しただけで別れたらしい。クズイの妹の勤務先は関西では大手の学習塾だった。講師や学生アルバイト十五人を仕切る所長だと言われて、中井は、自分より全然えらいやんと大げさに驚いて笑われた。そのあとは釣りの応援のことは忘れていて、自宅へ向かう途中で、自転車がパンクして困っていた男子大学生に話しかけていっしょに自転車屋に行って修理を待っているあいだにその学生が淀川で五十センチくらいのブラックバスを釣った話を聞いて、家に着く直前に雨に降られた。

「なかちゃんはええな。金なくてもおもろくする方法いっぱい知ってるから」

「おもろないおもろない、おもんないってー。どこがおもろかった？　今日のおれの生活の。ちょっとぐらい人並みの生活したいわ。一人の人間として扱われたい」

わたしは自分の部屋で、ソファではなくてテーブルの前の椅子《いす》に座った。真新しく白い壁紙と明るい茶色のフローリングで区切られた空間に、わたしの声だけが響いた。

「なかちゃんがわたしの代わりにいろんなとこに行って、いろんな人としゃべってくれたらそれでいい気がする」

「代わりにって、ほんなら交通費と食費ちょうだいな。もっといろんなとこ行ってくるで」

中井がどれくらい本気で提案しているのかわからなかったが、わたしは自分が働いて稼いだのではないのに相当の金額が口座にあることに対して居心地の悪さを感じたままだったので、いいアイデアかもしれないと思った。わたしはこうして中井が話してくれることに助けられているのだから。しかし、人と金のやりとりをする行為には難しいことがたくさん伴うので、わたしは、

「そうやなあ」

と言った。

「いやいやいや、ええわ、そんなん。そんなことで金なんかもらわれへん。今度、会えるときにコーヒーおごって」

「わかった」

「ほな、また」

電話は切れ、わたしは風呂《ふろ》に入った。

5

十年前、写真教室の修了展示の終了日が平日だったこともあって、打ち上げは二〇〇〇年四月の最初の週末にあらためて、西長堀の公園近くの、受講生の一人のマンションで行われた。三十歳で携帯電話販売店を辞めたばかりというその受講生はうちから公園の桜が見える、と自慢していたが、八階のベランダに出てさらに見下ろさなくてはならず、結局は四角い部屋でただ飲んでいるだけになったがそれなりに楽しかった。講師の写真家二人や年長者たちは早々に帰り、大量のビール缶とともに部屋に残ったのは、部屋の主《あるじ》と、中井とクズイとわたしと、大学の同級生同士だという二十三歳の女の子二人だった。ベランダに出て身を乗り出すと雨が降り出していて、下に見える公園は誰もおらず、もこもことした桜の花の塊が青白く光っていた。二十三歳の二人が飲み過ぎたのか涙ぐみながら、なんとかちゃんは今頃旅立つんやなあ、ほんまやなあ、さびしいなあ、と言いだした。なんとかちゃんて誰、と中井が聞くと、親友がイチネンホッキして東京の美大に受かって今晩の夜行バスで東京に行くんです、めっちゃええ子で、いっしょにタイに旅行に行ったりね、わたしが去年入ったアパレルの会社が社長の愛人が支配してるそれはもう地獄のような会社で平日はもちろん土日も夜中まで働かされてしかも給料未払いで社長の自宅のトイレ掃除までさせられてたのを助け出してくれたんもなんとかちゃんやったんです、といっそう泣き出した。さびしさ倍増やから見送りに来んといてって言われたんですけど、やっぱり行ったらよかったなあ、って。

　というわけで、皆で見送りに行くことになった。バスの出発にはまだ一時間近くあったし、部屋の主が車を持っており、そして酒を一滴も飲めないクズイが運転できた。ただし定員オーバーで、後部座席にわたしと二十三歳が二人と中井が乗ったが、二十三歳が二人とも小柄だったのでそんなに狭くはなかった。湊町《みなとまち》にある長距離バスターミナルで新宿駅行きのバスを見つけて、二十三歳二人は走り、残りのわたしたちは早足で歩いた。車を停める場所探しに手間取ったため、乗客のほとんどはすでに乗り込んでおり、もうすぐ出発時刻だと声を張り上げている係員にろくな説明もせずに二十三歳たちはバスのステップに飛び乗るようにして入っていった。わたしと中井がバスを覗《のぞ》くと、狭い通路で、三人になった二十三歳たちが抱き合っており、ほかの乗客たちの注目を浴びていた。バスの昇降口でわたしは、このままいっしょに乗っていけば、その半年前に東京の会社に転職した健吾のところに行けると思ったが、あいにくとっくに満席だった。

やっぱり見送りに来てよかったね、絶対東京遊びに行こうね、連休に行こうね、わたし来週でも行けるよ、などと興奮気味の二十三歳たちと再び車に乗り込み、せっかくだから大阪城に行くことにした。日付が変わる時刻だったが、真っ暗な大阪城公園に入るとあちらこちらから奇声が聞こえてきた。植え込みの向こうに肉を焼いている炎が見え、脂《あぶら》が焦《こ》げるにおいが漂ってきた。桜は満開を少し過ぎたという感じで、小雨の中ちらちらと花びらが舞い落ちる様は幻のように美しかった。こういうときって自分がもしかしたらほんまはもう死んでるんかもしれへんって思うわ、とわたしが言ったら、すぐうしろを歩いていたクズイが、平尾さんの天国は宴会やってはるんやな、と言った。

小雨が降り続ける蛇行した道をただ歩いた。天守閣も見えないので自分がどこにいるのかよくわからなかった。坂道を登ったところで枝ぶりがこんもりと丸くきれいな形の桜があったので、そこで立ち止まって三々五々花を眺めた。

クズイが近くの楠《くすのき》の低い枝によじ登ったので、わたしもついて登ろうとしたが無理だった。手のひらに湿った木の皮がこびりついた。

「夜やし雨やし桜やし、……完璧《かんぺき》やな」

と言ったクズイを見上げた。

「こないだも……忘れててんけど、平尾さんに渡そうと思ってるもんが……あって、だから今度会うようなときは……持って来いって言うてな」

「なにか言うてくれへんと、わたしもそういうのすぐ忘れるから。なんで忘れもんって電車に乗った途端に気づくんやろな」

「たいしたもんじゃなさ過ぎて……言うたらおもんない言うか……、もとは前つきあっとった子の持ちもんで捨てるようなもんやし、言うたらたらい回しの……たらいやな。まあ、覚えてたら」

「ようわからんけど、わかった」

　クズイから「つきあっていた女の子」という言葉が出てきたのは意外で、どんなタイプなのか想像がつかなかった。「渡したいもの」も全然思い当たらなかったが、クズイはすでに自分が言ったばかりの言葉を忘れたような顔をして頰の鬚《ひげ》を搔《か》きむしりながら湿った空気の中で木の幹にもたれていた。

「平尾さーん」

　高い声に呼ばれて振り返った。

「ほら、見てくださいよ。わたしなんぼでも桜取れますよ！」

二十三歳の片方の子が、弱い風で舞い落ちてくる花びらを、手を伸ばしてつかんでいた。右、左、上、飛び上がって右。

坂道を下る途中でいちばん後ろを歩いていた中井が大声で叫んだので振り返ると、一万円札を拾っていた。すでに普段とは違う時間と場所で興奮気味だったので皆で歓喜し、その紙幣も誰かの贈り物のように勝手に解釈して気が大きくなり、豪遊しようかなにに使おうかとぎゃあぎゃあ騒ぎながら車のところまで行ったが、六人で割ったら二千円以下なので、そのままロイヤルホストへ行ったら、夜中の二時なのにウェイターが満面の笑みでただいまの時間のおすすめはオーストラリア産ローストステーキとコスモドリアです、と言った。中井がステーキを食べた。

一人ずつ順に車で送っていって、そのあいだに、二十三歳の二人からテルミンを習っていて五月に発表会をやるから見に来てくださいと誘われて、行くと答えたし、実際直前まで行くことにしていたが、行けなかった。その土曜日の午後四時頃に母から電話があり、指示された病院に行くと、危篤《きとく》と聞いた祖父はすでに霊安室に横たわっていた。なぜか自分がいちばん先に到着してしまい、霊安室で三十分ほど座っていた。

霊安室はテレビドラマで見るような薄暗い厳粛な部屋ではなかった。地下の駐車場の隅の、言われなければたいていの人はごみ置き場と思うに違いない扉の中のスペースで、「老」「病」「死」を社会の見えないところへと追いやっている現代人の心理を見事に具現化してると感心した。二畳ほどしかないその場所は、蛍光灯が煌々《こうこう》と薄黄色い壁と床の全体を照らし、祖父の体も、布も掛けられていない顔も、手術台の上にあるように詳細にスーパーリアルに見ることができた。蠟《ろう》が剝《は》がれたようなかさかさの皮膚に無数の染《し》みがあり、触ってみると温かくはないがまだ冷たくもなかった。寝台の横に黒電話があり、すぐ上の壁に貼《は》られた葬儀社の広告は二種類あって独占状態にならないように配慮されていた。

冷えた空気の部屋で、その前に祖父に会ったときのことを思い出していた。わたしを自分の姉（わたしはその人に会ったこともなければそのときまで存在さえ知らなかった）だと思い込んでいた祖父が「今日は天気がええけえ、音戸《おんど》大橋がよう見えるじゃろ」と言ったその橋を、見てみたいと思った。そのとき窓は閉まっていたし、近くに橋もなかった。老人介護施設の外にあったものは、廃品回収業者の敷地に山積みされた自転車と捨て看板で、人間の心理と行動の結果は街の形を見ればわかる状態になっているものだ、と考えた。

半年後、祖父の弟の葬儀に出席するため、わたしは母と呉《くれ》に行った。初めて訪れたその街で、祖父が広島のホテルで働いていたことを知った。その日、わたしは祖父が見えると言った音戸大橋を、見に行った。車で駅に向かう途中に、遠まわりしてもらった。

祖父は一九四五年の六月まで広島市の中心部の、原子爆弾の投下目標だったあのT字型の橋の近くにあったホテルでコックをしていた、と聞いたのだが、とりあえずインターネットで検索してみてもそのホテルの名前は一件も引っかからなかった。親戚《しんせき》の覚えていたホテルの名前が間違っていて、その場所で働いていたのがほんとうだったとして、おそらくそれが祖父が最後にまともについていた職であり、料理の腕はよかったのに長続きせず辞めて子供のときに住んでいた呉に戻り、それ以後、広島や関西の各地を数年ごとに移動し、臨時に人手を必要とする仕事があれば働いたり働かなかったりした。人の面倒はよく見たので周囲には親しまれていたが、家族は苦労した。わたしが生まれて十年ほどは大阪に住んでいたが、その後はまた奈良や和歌山に移ってほとんど連絡もない時期があり、祖母が死んでから、母が奔走して介護施設に入所できることになった。

せっかく高級ホテルで見込まれていたらしいのに辞めてしまって、と会ったのはその一度きりの親戚が言ったとき、まじめで働き者でずっと勤めていたら八月六日にも爆心地近くにいて即死だったろうし、当時母を腹の中で育てていた祖母もそう遠くない場所にいただろうから、わたしが生まれたのは祖父の仕事が長続きしなかったおかげだと思ったが、引っ越した先の呉は軍港で何度も空襲があった。

祖父が爆心地にいたかもしれない、と知った瞬間から、いくつかのパターンの祖父とその後が思い浮かぶようになった。祖父も祖母も死ぬ。祖父は死んで、祖母と母は生き残る。呉の空襲に遭う。母は生き残って成長するがわたしの父と出会わない。

偶然がそのどれかを選んでいた場合、わたしはいなかった。別の誰かが、わたしの代わりに存在していたかもしれない。

6

一週間後に、中井はクズイの妹に話を聞いてきた。中井が日曜日に大阪城で他人の釣りを眺めていたら、「今、大阪城にいたりしますか？」とメールが来たので、大阪城ホール前の噴水広場で会ってたこ焼きを食べながら話した。クズイの妹は、夏という名前だった。七月に生まれるはずで名前を決めてあったのに未熟児で五月の終わりに生まれたがその後はたいした病気もせずに健康に育った。クズイの父と夏の母は四年前に離婚したが成人した自分は名字を変えなかったし、中井には「クズイの妹」という呼ばれ方でいいと思っていた。

　十一年前に写真教室の友人たちが訪ねたことのあるクズイの家は、すでに他人が住んでいる。クズイが作った暗室のせいで売値が下がった、と父親はぼやいていた。その一年も前に兄からの連絡は途絶えていた。夏は、引っ越したあと一度だけその家の前を通ったことがあった。道路から見える二階の狭いベランダにはほとんど隙間《すきま》がないくらいに子供の服が大量に干してあった。こんな狭い家に何人で住んでんのやろ、と思った。壁も明るい色に塗装し直されていて、二十年近く住んだのにたいした感慨は湧《わ》かなかった。

　中井に兄の名前を出されたとき、十一年前に家で大騒ぎをされて腹が立った記憶がすぐに戻ってきたというのはあるが、馴《な》れ馴《な》れしくしゃべり続ける坊主頭《ぼうずあたま》の男になにか特別な縁を感じたりはしなかった。母親が違って年も離れていた兄とはもともとそんなに話さなかったし、中井はその兄よりもだいぶ年上のはずなのに小動物みたいに丸くて黒い目で落ち着きがなかったが、犯罪者やつきまとうタイプにも見えなかったので、話しかけられたから答えた。

　クズイの妹はわたしたちが家に行った日のことをよく覚えていたらしい。男の人が三人と、女の人が二人。とにかく、くだらないことばかり大声でしゃべってうるさかった。

7

寝る前に、海野さんの明日（四月二十七日）の日記を読んだ。

帝都に関しては「三月十日は不幸にして風が余りに強かったため、同日だけでも焼失戸数や火災による死傷者数は相当にのぼった」こと「大部分焼失した区域は、浅草、本所、深川、城東、向島、蒲田」であり。「その他相当焼けた区は下谷、本郷、日本橋、神田、荒川、豊島、板橋、王子、四谷、大森、荏原、品川」である。「川崎市は市街の大部分を焼失」「大阪では西成区、西区、南区、北区、天王寺区、港区、浪花区、大正区が被害が大きい」名古屋では「千種区、東区、中区、熱田区、昭和区、中村区、中川区が被害大きい」神戸では「兵庫区、湊区、湊東区の大部分を焼失した。また葺合、神戸、須磨、林田、灘の一部分焼失」……

○大橋のバス通りのすぐ左側に於いて千軒ばかり焼けた。

○大橋の、こっちから行くと左側の堤防に不発弾がおち、電車は大橋↓渋谷間が五、六日止まり、その間歩かせられた。……
○明治神宮本殿、拝殿も焼失。千百数十発の焼夷弾のかすが発見されたという。……

当夜、このあたりに旋風が起こり、街の人々を一層恐怖させたとの話。大下邸のすぐそばの焼けた大ケヤキの高い梢の上に、バケツやトタン板がちょこんとのっているのも、それを物語る跡である。
また池袋の武蔵野線のホームのトタン屋根が、変な具合にめくれていて、車中より私は首をひねったが、これも旋風のためとわかった。

わたしは、大阪市大正区に二十七年間住み、大阪市港区の高校に通い、昔は東京都本所区であった墨田区太平で五年間暮らし、今は世田谷区若林から大橋を通って仕事に通い、池袋の本屋にも行ったことがある。その本屋の裏手の墓地には大きな欅《けやき》がある。古代遺跡の柱のような太い幹の欅。

大橋の地下を通る電車で渋谷に出て十分近く歩くと会社に到着する。エレベーターでいっしょになった加藤美奈に、正社員登用試験が来月なので去年受かった人に話を聞きたいんですけど平尾さん紹介してもらっていいですかと聞かれたので、課長に聞いたほうが確実じゃないかなと答えた。

加藤美奈は、健康グッズをたくさん持っているのでときどき貸してもらう。デスクの足下には突起が付いた足踏みマットがあり、かかとのない健康サンダルを履き、ツボ押し、電動のマッサージ附きクッション、むくみとりローラーなど取りそろえてあり、片手でキーボードを打ちながら器用にもう片方の手で首を揉《も》みほぐしていたりする。それでもミスがほとんどないのは、ツボ押しなどの刺激が効果を上げているのではないかと、周囲の従業員たちが興味を持ち、わたしは今日はボールペンのうしろにツボ押しが付いているのを借りて頭や腕を押してみてそれなりに仕事がはかどった気がする。

後頭部を緑色のローラーで押しながらフロアを見回すと、部長も課長もそれぞれのパソコンをじっと見つめていた。難しい顔をするでもなく、瞬《まばた》きも忘れてぼんやり開かれたままの黒い目には、画面が映って光っていた。彼らは彼らの画面で、触ることのない大量の物体を地球の裏側にでも運ぼうとしている、もしくは、ここにいる誰かの行き先を決めているのかもしれなかった。

部長や課長や、同じフロアで画面に向き合っている人たちは、自分の指先が誰かや何かの行き先を決めていることを、実感しているだろうか。自分が運んだ「もの」が、遠いどこかで知らない誰かを助けたり、もしかしたら困らせたりしているかもしれないことを、感じることはあるのだろうか。

年の近い同僚の一人がさくらんぼを持ってきたそうで、いっしょに食べないかと、珍しくわたしと加藤美奈も誘われた。もう一人の同僚といっしょに、会議室でお昼を食べた。同僚二人は手づくりの弁当、わたしはコンビニのおにぎりの豪華なほうで、隣では加藤美奈が堅そうなパンをかじっていた。向かいの二人は、システム部の社員に対する不満をずっと言っていて、その社員を直接知らない加藤さんはへーとかほーとかほんとですかとか適当に頷《うなず》き、わたしはそれなりに仕事上厄介な経験はあったが、なんとなくその悪態に参加するエネルギーが足りず、早くさくらんぼが食べたいせいもあって話をまとめようとした。

「それなりに、人には人の事情があるかなって」

「平尾さんって、人がいいよねえ。あー、どうしたらそんなふうに穏やかでいられるのか知りたい」

「なにがあっても怒ったり苛々《いらいら》したりしなそうだもんね。羨《うらや》ましー」

「いやいやいや、わたしは、なんていうか、何か言って相手を変えようって気力がないというか。たとえば、えーっと、道路のほうにはみ出してどーんと伸びてる木があって通りにくくても、その木にどうにかしろって注意したり、家の人にあの木がひどくてってずっと言ってても、エネルギー消耗するだけだなって考えてしまうんですよね。別の道通ればいいし、木もなんだかこんな感じに伸びてしまったんだから仕方ないなって、そういう感じです」

同僚たちが怪訝《けげん》そうな顔になったので、説明がわかりにくかったのかと思い、別の喩《たと》えを出さなければと焦《あせ》ったところ、

「ひゃははははは」

隣で加藤美奈の笑い声が響いた。

「平尾さんって、おかしいっていうか、やばいですよね。人間は話せばわかるけど、木は話してもわからないでしょ。という以前に、やっぱり、人間と木って、ははは、あはは、そりゃ木には話しかけないですって。木は邪魔だったら切れますし。人間は切っちゃダメです、一応」

同僚二人は互いに一瞬目を合わせてから、少し困ったように、力の入らない笑いを漏らした。わたしはますます、説明の仕方を間違えたと思って恥ずかしくなった。

「あ、じゃあ、木じゃなくて、そうですね、ドラマの登場人物がどうしても納得いかなくても、その人にずっと文句言っても変わってくれない、だったら通じますか？」

「ひゃはは、テレビは消しましょうよ。あんなの見てたら頭悪くなっちゃいます」

同僚二人は、今度は加藤美奈のほうをじろじろと見た。

「加藤さんて、今どきの子だね」

「若いよね」

「すいません、わたし笑うと止まんなくなっちゃうタイプで。……なんの話してましたっけ？」

わたしは三人の顔を順に見てから言った。

「えーっと、今村さんが請求書溜《た》め込むのは、わたしも困ってます」

同じ部署の新入り男性社員の名前を挙げたが余計に取って付けたようになってなんだか善人ぶった感じに聞こえてしまっただろうかと気にかかり、不満部分を補強した。

「基本的な事務作業もしないのにマーケティング部に行きたいとかごねるし、昨日はおなか痛いって早退するし、でも社員だからってわたしより相当給料もらって」

「そうそう！　初任給ですでにわたしたちより待遇いいって、信じられないよね」

やっと反応がよくなった。

「ですよねー。そのうちこいつのほうが立場が上になるのかと想像したら吐きそうで。昨日も集計の仕方間違えてたから教えたのに、あとで舌打ちしてるの聞こえて、ふざけんなよ、殺すぞ、くそぼけ野郎、って思いました」

再び、向かいの二人の表情が消えた。調子に乗りすぎたようだ。

「平尾さん、ウケるー」

また加藤美奈が笑ったので、二人もつられて笑った。せっかく誘ってくれたのにこんな会話になって申し訳なかったので、笑ってくれる人がいてよかったと安堵《あんど》した。山形産さくらんぼはおいしかったが、期待に反して一人あたり四粒しかなかった。

8

結局連休もどこにも出かけずに終わりそうだった。

マンションを出て自動販売機のあるT字路の突き当たりを右に曲る。またすぐにT字路がある。このあたりはまっすぐ延びる道も、直角に交わる四つ辻《つじ》もほとんどない。モザイクタイルをはめ込んだように、小さな区画が角度をずらしてくっつき合い、袋小路や行き止まりがそこらじゅうにある。できたばかりらしい建て売り住宅が三つ並ぶ一角を過ぎると、古い四階建ての社宅か社員寮のようなコンクリートの建物がある。敷地の中に並ぶ自転車は新しいが、いつ通っても誰も見かけたことがない。鉤《かぎ》の手になった道沿いに行くと、二階のベランダからモッコウバラが垂れ下がっている家がある。黄色い花は満開で、そろそろ道路に花びらが落ち始めていた。左に曲がると、砂利道に車が止まっていて、そこから先は舗装もされておらず、奥に灌木《かんぼく》と竹の林がある。雑草が伸びていて、土と水分のにおいがする。舗装されていない小さな路地は其《そ》処此処《ここ》にあり、それは八年前にこの区に引っ越してきたときにとても驚いたことだった。

東京には大量の人が住んでいて、電車や駅の周辺はどこに行ってもどこからこんなに人が湧《わ》いてくるのかと不思議になるほど人で溢《あふ》れているのに、大通りから一歩入るとほとんど人に会わない。たまにすれ違うのは、犬の散歩か自転車で買い物に急ぐ人くらいで、とても静かだ。びっしりと地表を埋め尽くす建物に住む人たちはどこに行ってしまったのだろうか。まぶしい空とは対照的に暗いどの窓にも人の気配はない。簡素なアパートや真新しい三階建ての細い家たちに囲まれて、庭のある古い家がけっこうある。中でも立派な石の門柱がある敷地の広い家がときどき現れ、その門柱にはたいてい大理石の表札があって「世田谷區若林」と旧字体で書かれ、現在の丁目ではなく三桁《けた》の漢数字がその下に並ぶ。門柱の内側には立派な松が植わっていて、門の上に斜めに枝を伸ばしている。「門松」とは本来こういうものを指すのではないかと以前住んでいたときに辞書を引いてみたりしたが結局わからなかった。

　灌木と竹の茂みの向こう側にあの欅の大木が二本見えるのだが、そこへまっすぐ抜ける道はない。いったん世田谷通りの方向へじぐざぐとあみだくじのように角を辿《たど》ってくると、欅のすぐ近くへ出る。欅は広い敷地の、まだこのあたりに家がぽつりぽつりとしかなかったころの面影がある屋敷の中にある。

「どうしました?」

「火が迫っています、今のうちに逃げないとあぶない」

iPhoneで、日記の五月二十六日のところを表示してみた。

「まだ大丈夫ですよ、頑張れば喰いとめられますよ」

「いや、もういけません、佐伯さんの方と、高階さんの方の火とが、両方からこっちへ押して来て、息がつまりそうです」

　日記に書かれたその声が響いていたのがどこなのか、目の前の風景と比べてみても確かなことはわからない。読んでいて、空襲というのはたいてい夜なのだと知った。灯火管制で暗い街の上空に、銀色のつるりとした腹の飛行機が飛んでくる。その腹が開いて、ばらばらと爆弾を降らせていく。

「竹藪の向こうに真赤な火の幕が出来」、と書いてある竹藪が、さっきの竹藪なのかもしれないいし違うかもしれない。「三軒茶屋方面へ落下したことが確実となった」、とあるから線路の北側から見たのか。

わたしは蛇行した道を進んでさらに環状七号線を渡り、三軒茶屋に向かって歩いた。道が細く、少しも区画整理されていないから、このあたりは燃えなかった場所なのだと、ずっと思っていた。

大学の授業で、大阪の街を飛行機から写した写真を見た。戦争が終わって二年か三年経《た》ったころにアメリカ軍が撮影した、大阪の空中写真。中心市街には大きなコンクリート造りの建物がぽつりぽつりと残っているだけで、あとは急ごしらえの小屋のような家々がかたまってあるか、爆弾でぼこぼこに穴があいたままの地面は耕されて野菜が植えられていた。そこから三キロメートルほど西の、わたしの生まれ育った街も、燃えたあとだった。今よりも狭い道路だけがうっすらと見え、ほかは土だった。駅の近くの一角には、黒い瓦《かわら》屋根の長屋が蛇のように並んでいた。写真用のルーペを覗《のぞ》いて、小さな箱庭みたいに白黒の写真に閉じ込められたその街を見たとき、わたしは知った。長屋や古い建物が多く道幅の狭い、隣の小学校の校区は燃え残った場所で、わたしが住んでいた市営住宅の団地や新しい家や工場が並ぶ、幅の広い道が規則正しく交差している自分たちの校区は燃えた場所だった。燃えた場所と、燃えなかった場所が、何十年経っても、今も、はっきりと街の形に一目でわかるように、分かれていた。

食い入るように見た昭和二十二年ごろの航空写真の中に、古い家に住んでいた級友たちの顔を思い出しながら、彼らの家の場所を探した。わたしたちの小学校の校区でも、ところどころ古い家が残る路地があったのだが、それは見事に焼け野原のなかに島みたいに残された、焼けなかった一画だった。わたしたちは、焼けたところと焼けなかったところ、両方の場所を目にして暮らしてきたのだった。

だから、狭い道が入り組んだ東京の、当時は郊外だったこのあたりは、燃えなかった場所なのだろうと、思っていた。しかし、ここにも焼夷弾《しょういだん》は降ってきた。それを知ったとき、自分も焼夷弾の炎に追いかけられている気がした。前に住んでいた墨田区太平の部屋は、三月の大空襲で燃えた場所の真ん中にあった。どこに住んでも、そこは爆撃された場所だった。

もう少し歩いて、五年前まで住んでいたアパートの裏へ出た。大家さんが住む古い家の庭越しに、アパートが半分くらい見えたが、自分が住んでいた一階の奥の部屋は庭木に隠れていた。部屋の窓から木が見えるのは、自分にとっては新鮮な体験で、季節の移り変わりをあんなに毎日毎日感じたのは、ここに住んでいた三年だけだった。冬は寒かったが、気に入っていた。今は、誰か別の人が住んでいるんだろうか。わたしが見ていた木々を同じように見ているんだろうか。

アパートの表に回って確かめることはせず、来た道を逆に辿った。世田谷線の踏切の音が、遠くで聞こえた。

夜、パソコンを開いて、随分会っていない知人たちのブログを辿ってみた。ソーシャルネットワークサービスというものに、しかも複数登録している人も多くて、それぞれの場所で、知人同士が、知人と誰かが、やりとりしている。このあいだは楽しかった、その店はおいしくない、おやすみー。

知らない人のこういうやりとりを見ていると会ったこともないその人に一方的な親しみを感じるようになったりするが、知っている人の書き込みは、彼らといっしょにいた時間からどんどんと離れていく自分を実感させる。なぜみんな、こんなふうに気軽に、素早く、なにかを伝えることができるんだろう、と思う。なにか伝えたいことが浮かんでも唐突で変に思われるかもとか、連絡していない別の友人が読んだら快く思わないのではとか、こういう返事が来たらその次はどう書こうとか、つい考えてしまって時間ばかりが過ぎるわたしにとっては、まるで、走っている電車に飛び乗るくらいに、難しいことに思える。小さい駅で次々と通過していく列車を見送ってるみたいな気分に、最近はなる。

長らく会っていない人たちが毎日いろいろな経験をし、誰かと次々に言葉を交わし合うのを見ていると、わたしにとっては、知っている人さえもテレビみたいに画面の向こう側の、自分には関わることのできないところへ移動していくように感じてしまう。

登校するのも精一杯だった中学時代を経て、苦手などと言っていられないと、高校からは社交的な人についていくとか「ちょっと変わった人」枠を確保するとか工夫してある程度人と話すようになり、もう自分は成長したのだと思っていたこともあった。だが、健吾とうまくいかなくなって、たった一人ともまともに関われないのだと思い知らされてから、急速に、人に連絡を取ることや話すことに、エネルギーを吸い取られるみたいに疲れるようになった。一度降りた列車を追いかけるのは、いっそう困難だ。

最初に働いていた会社の同僚は子供たちといっしょに川原へバーベキューに行き、わたしと同じ頃に東京に引っ越してきた学生時代の友人はモンゴル料理を食べに行っていた。みんな元気そうでよかった。

9

土曜、日曜と、中井から続けて電話があった。

「近所のスーパーのマクドナルドで会《お》うてんけどな、そいつはきっちりスーツ着とって、そこの近くに営業先があるんやて、医療機器とかなんとか言うとった」

「同級生は普通なんやなっていうか、なかちゃんも高校行ってたときがあったんや」

「そらそうやろ。どこで道外れたんか、おかしいよなあ」

同級生は、明らかに働いている格好ではない中井を上から下まで見て、さらに中井が何年も定職に就いていないと聞くと、それで自殺せえへんってすごいな、と言った。それから、中井がロンドンにいたあいだもその日暮らしだった話を聞いて、帰って来んほうがよかったんちゃう、日本では無理やで、そういうの、とも言った。

「言うなあ、その人」

「普通に考えたらそうちゃうの？　実際、まともに考えたら将来真っ暗やしな。ときどきおれが働かんと暮らしてること、なんか自由な生き方みたいにおもしろがる人おるけど、そういう人はたいがい自分は生活安定してるからな。インテリのジャーナリストみたいなやつらでギャルとかホームレスとかに勝手にファンタジー見いだす人っておるやん。現代社会の歪《ゆが》みの中のナントカって。まあ、珍獣見て癒《いや》される的な感じちゃうの」

「そう言われると、わたしも心苦しい」

「ま、そやな。うそうそ。平尾さんは、なんやかんやいうてもう十年やし。珍獣も十年ぐらい飼うてくれるんやったらええやろ。死ぬまで見物料払ってくれたらもっとええけど。変な思い入れもたれるぐらいやったら、笑てもろたらええわ」

「なかちゃんはえらいと思うねんな。お金ないけど、ないっていう生活してるし、楽しんでるやん。世の中には、親の金とか自分で働いたんじゃないけどいっぱい使えて毎日遊んでる人もいてるし、それこそ騙《だま》したり悪いことしたりする人もおるわけやん」

「えらくはないやろ。まし、って言うんや、それは」

「わたしは、なかちゃんに助けられてるし」

ロンドンにいたときの中井の話の中では、歯が痛くなって寝込むほど悪化してほんとうに死ぬのではないかと思って家にいるのが怖くなり外に出て通りで最初に見かけた日本人らしき女の人に声を掛けたら、なすびを真っ黒になるまで焼いてその粉で磨いたら治る、と教えてもらって藁《わら》にもすがる思いでなすびを大量に買ってきて黒焦《くろこ》げにしてその粉をなすりつけていたら痛みは治まったが教えてくれた女の人には二度と会えなかったので家で一人で泣いて感謝をして、しばらくしてからスシレストランのアルバイト代が入ったので歯医者に行ったらブラジル人がもぐりでやっていて痛くて死にそうになったけどいちおうちゃんと治療してもらった、という人のやさしさを実感できるとても素晴らしいできごとがわたしは好きだ。

「ほんで、昨日は大阪城行った帰りにクズイの妹に会うて」

「え？　どこで？」

「京橋で、長堀鶴見緑地線行く途中の、なんやったっけ、あの半地下なってるとこのミスドで。こないだ会うたときに、クズイの妹が写真見せてくれる言うたから会う約束したって話したやん。言わんかった？　写真。クズイが撮ったやつ」

葛井夏は、四年前に両親の離婚によって家を離れる際、放置されていた兄の荷物が処分されることになって、と言っても電化製品や家具、写真道具の類《たぐい》は六年前に兄がインドネシアに旅発《たびだ》つ前に知人に譲り渡していて、残っていたのは段ボール箱五つ分の本や衣類ぐらいで捨てて怒られそうなものは特になかったが、段ボール箱一つだけは残した。その段ボール箱には、ナイキのスニーカーの箱が三つ入っていた。まったく同じ大きさのオレンジ色のその箱は三つとも、兄がプリントした写真がぎっしり詰まっていて、もし兄が帰ってきたときに捨てられてしまっていたらかなしみそうなのはこれだけだろう、と夏は判断した。ナイキの箱のほかに、土産物らしい謎《なぞ》の雑貨やTシャツなども突っ込まれていたが、それも含めて段ボール箱ごと引き取った。それから一度も開けられることなく、そのまま夏の今の家の洗面所の棚、写真の保存にはよくない環境だがスペースのあったそこに放り込んだままだったのを、中井に会ったあとでこの人に預かってもらっておけば部屋が少し片付くと思って引っ張り出した。

ナイキの箱二つにはキャビネサイズの白黒写真、残りの一つにはカラー写真が店にプリントに出して返ってきた紙包みのままフィルムもいっしょにつっこんであった。白黒のもカラーのも、ザリガニを対戦させているところや岩肌の模様や家の表札などがシリーズで写っていて、音信不通の兄の写真として、ああこういう妙な人だったなーという以上の特別な感傷が湧《わ》いてくる類のものではなかったが、白黒プリントの中に写真教室の参加者を写したものが二十枚ほどあった。人が写っている写真はそれだけだった。

夏は、それでも全部を他人に渡してしまうのも薄情かと思い直して一箱だけ残し、紙袋に二箱を詰めると職場の学習塾に持って行き、その帰りに中井と待ち合わせた。最近さぼりがちな中三女子の母親からの電話につきあい、所長としての確認作業もいつも通りに終えて、ミスタードーナツに着いたのは夜十時半を過ぎていた。疲れた顔で居眠りする女子高生やコーヒーをする会社員などでまだ混んでいたが、店員たちの心はすでに店じまいの準備に向いていた。

なかちゃんさんも写真に写ってますよ、と白黒写真のほうの箱を開けて、夏は端の何枚かを取り出した。写真は、正確にプリントされているという印象だった。周りに残された白い縁は上下左右同じ幅で揃《そろ》っていたし、黒い粒子も一つ一つがくっきりと見えた。そのぶん、そこに焼き付けられた写真自体のぞんざいさみたいなものが際立《きわだ》って見えた。手ぶれした、スナップ写真。折りたたみ式の机と椅子《いす》が並ぶ殺風景な部屋で、正面のホワイトボードを向いて座る参加者たちの後ろ姿。真ん中あたりで一人だけ振り向いているのが中井だった。なんやおれ、ただのいちびりみたいやん、っていうか髪長かったんやな、こんなに。そうですよね、これ、最初気づかへんかったんです。結構王子系じゃないですか。でも目が、目がやっぱりいっしょやんなーって。

狭いテーブルに広げた白黒写真に写っている人の姿は、ほとんどがうしろか、斜めうしろか、よくて真横からとらえられていた。写真の右下に大きく写っているうしろ姿を、中井は指でついた。おー、この縞々《しましま》の帽子被《かぶ》ってるのん、顔見えてへんけど平尾さんっていうて唯一《ゆいいつ》今でもつきあいある子やねん、この変な縞々のキャップよう被ってたなあ、めっちゃ記憶蘇《よみがえ》ってきたわ。そっち、もしかしてあのザリガニ対決？　おれこれめっちゃ好きやってんけど、いっしょに和歌山の山奥のおれのばあちゃんちに行ってザリガニ探して。あ、そこの家は空き家状態やから水も電気もないねんけど三日ぐらいおって。

へー、そうなんですか、仲良かったんですね。

夏にとっては、兄は生まれたときから家にいたので他人とまでは思わなかったが、やはり同級生たちの年が近くてけんかもしたりするような兄弟とは違う、居候《いそうろう》している親戚《しんせき》ぐらいの感覚だったかもしれず、兄の友人についてはあのとき家に来た五人以外は会話にも上ったことがなかった。

和歌山行ったときはおもろかったな。川もめっちゃきれいやねんで。透明すぎて水がないみたいに見える。へー、わたしそんなとこ行ったことないです。虫苦手なんで。というか、兄とは出かけたことないかも。父や母と出かけるときも、兄は、おれは別にええわ、って。せやな、クズイは和歌山行ったときでも一人がええみたいやったわ。

一人で山に入って何時間か経ったら帰ってきて。そうなんですよー、だから、今もまあどっかを一人でふらふらしてると思うんですけどねー。クズイの妹さんはこんな遅まで仕事やってはるんや、えらいなあ、若いのに。いやそんな普通ですよ。せやなー、普通やな、普通。

隣の席に座っていた若い女が、筆書きの漢数字が並んだ表のようなものを開いていたので、夏は話しながらも気になってちらちらと見た。暗号みたいにも見えたし、古代中国の文献かとも思って、もう少しこっちに向けてくれないかと首を傾けたりしていた。中井は、その夏の視線を追って謎の帳面に気づくと、すいません、あのー、それってなんですか？　と聞いた。腰まである髪を一つにまとめていた女は、不審そうな目で中井の格好を一通り確認してから愛想笑いをして、箏曲《そうきょく》の楽譜です、と答えた。ソウキョク？　琴ですよ、琴。ああ、どうもありがとうございます、急にすんません、練習がんばって。

女は急に帰り支度をして出て行ってしまったが、夏は、そうか、気になったら聞けばいいのか、と思った。

目の前にいるんだから話しかけて聞いてみればいいって、今まで考えなかった、と中井の行動に感心しながら、髪の長い女のその後ろ姿を見送った。

コーヒーのおかわりを飲み干してから、中井と夏は弾き語りの歌がうるさい京橋駅の広場で別れた。

一九八九年四月から一九九二年三月まで、わたしは高校生だったから当然大阪にいて、仲のよかった友人たちは京橋の近くに住んでいるか、そこから学研都市線や京阪電車に乗り換える子が多かったので、京橋駅の周辺から大阪城公園のあたりにはよく行った。ダイエーに行って、マクドナルドに行って、そういえば三年の遠足の帰りに商店街の焼鳥屋に寄って老《ふ》け顔の一人を二十歳以上だと偽りビールを頼んでいたら三本目で店員に止められたこともあった。ダイエーからずっと続く連絡通路をしゃべりながら歩いて、大阪城ホール前の橋を渡って、広大な公園の中の道をたどってもただしゃべっているだけで、あのころは天守閣なんて全然目に入っていなかった、というようなことを思い出す。

花見もたいてい大阪城で、写真教室の打ち上げのあとに限らず、毎年のように誰かと一度は行った。中井とは写真教室の打ち上げのあとでもう一度行ったし、健吾とも行ったことがあるし、一人でも行った。最後に行ったのはもう八年も前になった。

京橋の空襲のことを知ったのは、いつのことだったか、はっきりとは思い出せない。

少なくとも働き始めてから以降のことだったと思う。お盆休みに夕方のローカルニュースで、法要の様子を取り上げているのを見た。

一九四五年八月十四日の昼、京橋駅周辺は空襲を受けた。爆弾は現在の環状線の線路を貫通し、その下を交差して走る片町線のホームに避難していた大勢の乗客を直撃した。死者の数は六百人以上とも言われているが、その後の混乱もあってほとんどが行方不明のままだ。

八月十四日？　明日、戦争が終わるのに。

三月の大阪大空襲のことは知っていたが、八月のそんな時期にまで空襲があったとは知らなかった。

八月十四日、明日戦争が終わることを、その日の人たちは知らなかった。

八月十四日に京橋で空襲があったことと、祖父が八月六日に広島にいたかもしれなかったことは、たぶんわたしの中で一対になっている。そこにいたのにその日はいなかった祖父と、たまたまその日にそこにいた人たち。あとから考えれば、生死を、その後の人生を左右した決定的な偶然は、実際に爆弾が投下されたそのときまでは、生活の一部として特別重大なこととは意識されないできごとだったと思う。

祖父がいた場所で起こったこと、何度も自分自身が乗り降りした駅で起こったこと。

そこにいて死んだ人、いなくて助かった人。そうしてたまたま、わたしは生きている。存在しなかったかもしれないわたしが、京橋駅のホームに立っている。

八月十四日に空襲があったのは、大阪の京橋だけではなかった。山口県岩国と光、そして十四日夜から十五日未明にかけて、群馬県伊勢崎と太田、埼玉県熊谷、神奈川県小田原、東京都青梅、秋田県土崎……。

戦争が終わることはすでに決まっていて、しかし多くの人がまだそのことを知らなかった時間に。

そう思うのは、戦争が終わったことをわたしが知っているから。終わったあとで、その前の日のことを考えるから。

10

次の土曜日に、洗濯や衣替えの後始末をしながら、イギリスのテレビ局が三十年以上前に制作した第二次世界大戦の長いドキュメンタリー番組をつけっぱなしにしていた。

孤島の砂地に掘られた塹壕《ざんごう》には兵士たちが倒れていた。一人は頭から底に落ち込んだ格好のまま、その手前の一人はうずくまって倒れ込んだ体勢で、その次の一人は体が半分土に埋もれていた。その横にも、向こうにも、カメラが移動するあいだ、そこらじゅうに死体は転がっていた。手や足や首はばらばらな方向に曲がり、途中でちぎれたり爆発したように飛び散ったりしていた。近くに立つ兵士が引っぱり上げると、倒れていた死体はあばらから下がなく、血まみれの内臓が剝《む》き出しになった。死んでいる兵士たちとよく似た格好の、しかし別の軍服を着た兵士たちは、次々と塹壕を踏み越えていった。

別の時間、別の戦場が、画面には延々と映し出される。灼熱《しゃくねつ》の密林でも、雪が積もる荒野でも、兵士たちはどこにいても、ほとんど同じ格好で、大きな荷物を背負い、ライフルや自動小銃を手にして、ひたすら歩いて行った。あとからあとから、いくらでも似た格好の兵士たちが続いた。死んで倒れても、また新しい兵士がうしろからやってくる。塹壕にも崖下《がけした》にも石畳の街路にも、動かなくなった兵士が倒れ、折り重なっていた。焦《こ》げたのか腐ったのか、黒くなった手は空気を詰めたように腫《は》れ上がり、宙を掻《か》いたまま固まっていた。兵士たちは、もう動かなくなった兵士たちを確かめたり足の先でつついたり、ときには銃弾を撃ち込んだり、あるいは無視して、歩いていった。ひたすら、進み続けた。やっとどこかに辿《たど》り着くが、その街でも荒野でも森でも海岸でも、銃声が響いていた。機関銃、ライフル、火炎放射器、高射砲、艦砲、あらゆる武器。白い光と、空気を切り裂く唸《うな》り。
何時間経っても、画面の中で戦争は続いた。

洋服が完全に片付かないまま夕方になっており、このまま一日を終えたくなかったので、有子の店に行ってみようかと家を出たら、ポストに大きめの封筒がささってはみ出していた。通販カタログ以外にこんな大きさの封筒が送られてくることはないし差出人も書いていなかったので、自分が間違いや悪いことを知らないうちにやってしてその結果なにかが送られてきたのかも知れないという不安がよぎった。この根拠の乏しい不安は、子供のころからの考え方の癖のようなもので、待ち合わせ相手が遅れたり近くにいる人が不機嫌なときにも、ほとんど自動的に浮かぶ。自分自身がこの不安をどこまで本気にしているのかわからないが、どこか人の顔色を窺《うかが》うようなところがあって、人づきあいをしていくうえで邪魔になっているのはわかるのに、変えられないな、というようなことをぐだぐだ考えながらその場で封筒の端を破って開けた。白黒のキャビネサイズの写真が七枚とルーズリーフをちぎった紙に鉛筆の文字が見えたので、ああ、なかちゃんか、クズイの写真か、とほっとしてそのまま鞄《かばん》に入れて有子のアルバイトしている店に向かった。

　世田谷線の終点の駅を降りて歩く。終点のこの駅では二両しかない車両からぞろぞろと人が出てきて、改札を出てすぐのビルの一階の喫煙スペースにも人がひしめき、広場を囲むスターバックスやサブウェイも空席はないし通りも自転車と人で埋もれそうになっており、こんなに大勢の人がどこからやってくるのだろうかと今日も思う。

　このあたりに空襲があった五月二十五日は近づいていた。現在は自衛隊の施設がある三宿《みしゅく》の周辺は当然、空襲の目標になったに違いない。駅の南側の小さい店が密集した商店街は、大阪の地元の焼け残った地域と似ていると以前は思ったが、今は闇市《やみいち》が発展したものにも見える。東京は、すぐに大勢が暮らし始めて区画整理が間に合わなかった。

　日が長くなってまだ薄闇で、暑くも寒くもなく弱い風が吹き、そのような空気の中を一人で自由にただ歩けるということは、もしかしたらこの時間が自分の人生の幸福で、これ以上のスペシャルなことは起こらないし望んでもいないのではないかと考えながら、しかしそう言うとたいていの人には平穏な日常こそが素晴らしいという意味にとられるかもしれないが、自分は「日常」があらかじめ確かにそこにあるものだとは思えないし、たとえば仕事に行ってごはんを食べて眠るというような日々のことだとも思っていないし、それぞれに具体的で別のものがそこにあるのを一つの言葉でまとめることができなくて、「日常」という言葉を自分自身が使うこともない。単純にスペシャルなことがない、ただそれだけのことなんだと、不意に感じるだけで、この感じこそが最大の意味なんじゃないかと思うことをどう言えば伝わるのか、そもそも誰に伝えればいいのか、と思いながら、緩く蛇行した商店街から枝分かれする路地をでたらめに歩いた。

八時を過ぎていたが細長い店内にはまだ客はおらず、有子は一人でカウンターの中にいた。メールで来てもいいか確かめたのだが、ドアを開けると有子は驚いた顔をして、

「珍しーい。ほんとに暇だったんだね」

と言った。店主の趣味なのか、去年オープンしたはずなのに臙脂《えんじ》色《いろ》のビロードの椅《い》子《す》に焦げ茶のテーブルも随分と年月を経ており、壁にはディズニーの白雪姫に登場するこびとに似た格好の男たちが帆船を建造する経過を表した絵が五枚並んでいた。昔からある店をそのまま譲ってもらったのかもしれない。

カウンターのいちばん奥に座り、慣れない場所でものめずらしいので、うしろの小さいテーブルや、天井からぶら下がっているオレンジの笠《かさ》のライトや薄暗い中で少々

不気味に浮かびあがる帆船の絵を見回していた。

「バーに一人で来る人ってなにするの？　食べ物もそんなにないし、ひたすら飲むの？」

「煙草《たばこ》吸ってるとある程度時間持つし、そういう人が話しかけるためにわたしみたいなのがいるんじゃない？」

有子は焼きうどんを作ってくれた。そのあいだに、若い男二人が入ってきてうしろのテーブルに着いた。

焼きうどんはおいしくてすぐに食べ終わってしまい、やはりバーというところでは自分は長く過ごせそうになかった。わたしは鞄から封筒を出し、モノクロ写真をカウンターに並べた。

「これ、うしろ姿だけど、わたし」

写真教室の合評中の写真を、有子に見せた。皆が真ん中の机を囲んで話し合っているのに、クズイはその輪から離れて写真を撮っていたのだろう。記憶をたぐるとそんな覚えもあるが、当時は特に気になっていなかった。

「なあにこの縞々《しましま》帽子、変。蜂《はち》のおしりみたいじゃん」

灰色のグラデーションで構成された写真の中のわたしは、丸っこいシルエットのキャップをかぶっていた。

「あー、でも色は赤と黒だから蜂っぽくないよ。ニットキャップに見えるけどスウェットなのが気に入ってて」

「ときどきレアアイテム持ち出してくるよね、砂羽は。よく見ると意味不明な柄の服着てるし」

有子はわたしが今着ている、鮫《さめ》とヒトデが抽象化された総柄のTシャツをちらっと見たが、興味はないようでなにとも聞かなかった。

「この帽子、元ダンナが、おんなじの持ってた」

「この変な縞々を？　お揃《そろ》いで？　やばくない？　そのペアルック。バカ？」

わたしのは赤と黒、健吾のは青と黒の縞々だった。

「いっしょに買ったんじゃないって。わたしが買ったのは予備校生のときで、模試の帰りに憂《う》さ晴らし的に買ったんだよね。衝動買いの割には気に入って、よくかぶってたけど。元ダンナに最初に会ったのは大学卒業してから、友だちの友だちで最初に見たときから好きなタイプではあったんだけど、しばらくしてその友だちとオールナイトのイベント行ったときに朝の四時ぐらいに放り出されたから五人ぐらいで近かった健吾の家に行って休ませてもらって、そしたらこの帽子が部屋にあって、一気に、運命とか言うとばかだけど、勘違いが始まったんだねえ」

「こんな帽子一コでぇ？」

「買ったお店のオリジナルだったんだけど、その店ってそのときにはもうなくなってて。六年も前に、同じ場所で、同じものを買ってた、と思ったら縁みたいなものを感じた。すでに出会ってた、みたいな。あと、同じライブに行ってたのもわかって」

　健吾の部屋に色違いの帽子が転がっているのを見た瞬間、もうなくなったあの店、特に強い思い入れがあったわけではないが前を通れば必ず覗《のぞ》いていた狭い洋服屋が、自分の中で急に確かな存在になった。あの場所にあのとき、わたしも立っていたし、健吾も立っていて、同じドアを触って店に入ったのだと想像すると、自分が知らなかったころの健吾に触れた気がして感動した。衝動買い、というところまでは健吾も同じだったが、わたしと違って気に入らなかったらしく、かぶらずに放置されていた。わたしの錦糸町のマンションでは見たことがなかったから、捨てたのかもしれない。わたしのは今も、クローゼットの衣装ケースの中にちゃんと置いてある。

「一年ぐらいしつこく好きでいたら、健吾が当時の彼女にふられて、身近なところにいたわたしとなんだかついつきあっちゃった、みたいな感じだろうね。同じライブに行ってた話には、向こうも結構反応してたな。わたしみたいに、運命？　とは思わなかっただろうけど」

「ライブなんて何百人とか何千人とかいるじゃん。運命とかって基本勘違いだと思うのね。ただ、その勘違いがアタリかハズレかってだけで。運命みたいなことで舞い上がっちゃう子の中にもたまたま幸せに生きていける子はいっぱいいて、だからタチ悪いよねえ。まあ、実利的に選んだつもりでも、保証があるわけじゃないけどね」

有子の夫だった人、昇太の父親は、あっけなく死んでしまった。健康そうないい体格だったのにな、とわたしは三回会っただけのその人を思い浮かべた。

有子は、カウンターに置いていた写真から一枚を取り上げた。ピントの合っていない中井が真ん中で振り向いている写真だった。わたしは説明した。

「これ、十年ぐらい前に写真教室でいっしょだった人が撮った写真なんだけど、その人行方不明らしいんだよね」

「えー、じゃあ遺品なの？」

「いやいや、死んでないって。たぶん。友だちが、その妹に偶然会ってもらってきたらしい」

「人が撮れないタイプだね。砂羽といっしょ」

そう言うと有子は、音楽が途切れたのに気づいてうしろの棚のコンポを操作しながら続けた。

「砂羽、だいぶ前に昇太と動物園行ったときも、こっち向いてって一言言えばいいのにさ。せっかくの思い出の旅行の写真が、後ろ姿ばっかりなんだもん」

「タイミングがわからない」

「タイミングぅ？　そんなの、現実世界にはないよ。自分で作るんだって。テレビの語学番組みたいに、はい、どうぞ、なんて誰も言ってくれないんだからね」

はい、のところで有子は、テレビの中の人のように手を耳のそばに立てる仕草をした。中性的なヴォーカルの古いジャズが聞こえてきたが、誰のなんていう曲か知らなかった。

「現実の世の中も、そうやってタイミングを教えてくれたらいいのにってずっと願ってるんだけどなー。だから有子には自己申告したのに。撮ってほしいときは撮って、って言ってって」

「楽しいときはそんなこと気にしてられない」

「わたし、どんなに楽しくても、時間が経つのも忘れる感覚ってないんだよね。だから、動物園のときも、撮れてはないけど、ずーっと写真撮らないとって気になってあんまり動物見れなかった。邪魔したら悪いかもって思うし……」

「わかったわかった、それはごめんなさいでした。今度からは、頼まないし、撮ってほしいときは申告します。砂羽さん、お願いしまーす、はい、チーズ」

有子は、自分の頬に人差し指を当ててポーズを作った。うしろのテーブル席の男たちが笑うのが聞こえた。それから有子は、別の写真を手に取った。写真教室でお互いに撮り合っている図だったが、わたしは写っていなかった。

「最近撮ってないっぽいね、写真」

「忘れてた」

とわたしは答えた。写真を撮ることなんて忘れていた。

ドアが勢いよく開いて、店主の、確かミホさんという女の人が入ってきて、テーブル席の客に、ああ、いらっしゃい、と低い声をかけた。顔も体も細長い印象のミホさんは、こっちへ歩いてくるとなにも言わずにわたしをじっと見た。

怒られる、と、ついまた思ってしまって、わたしは椅子から降りて頭を下げた。

「あ、わたし、有子の友人です。平尾と言います」

「どうも。あー、食べる？　これ」

ミホさんは、ぶら下げていた買い物の袋からイカフライを出してわたしの前に置いた。わたしが誰かなんてどうでもいいような態度でカーテンで仕切られた狭いキッチンへ入っていって、ようやくわたしは自分が悪いことをしているわけではないとわかった。単なる客で、ちゃんとお金も払う。

「愛想悪いから、わたしがいるの」

有子が笑ったので、わたしはやっと座り直した。

わたしが大阪で縞々の帽子を買った年、ユーゴスラヴィアの内戦は激しくなり、テレビでも何度か特集番組があった。よく覚えているのは、同じ集合住宅の住民たちが、最初は互いを気遣い協力し合っていたのに、状況が厳しくなるにつれ、つまり知り合いや身内が殺される経験を経て、民族や宗教の違う隣人と敵対するようになり、番組の最後のほうで何か月かぶりに取材に訪ねた老女がドアに何重にも鍵《かぎ》をかけて閉じこもっていた場面。それから、おさななじみだった男二人女一人がいて、そのうちの男一人が敵対する武装勢力のリーダーになり、恋人同士となっていたもう一人の男と女が、狙撃手《そげきしゅ》が何人も構えている通りを渡ろうとして撃たれて手をつないだまま倒れていた場面で、その二つが同じ番組だったか別の番組だったかは覚えていない。

狙撃される危険を冒して通りを渡って食料や日用品の買い出しに行く住民たちを見ていて、戦争が実際に起こるということはこういうことかもしれないと、突然、心の中に強い思いが湧《わ》いた。生活の中に銃弾が飛び交い、武器を持った兵士や装甲車がよく知った道に現れる。

番組の最後のほうで、住民の誰かが言った。この戦争は何かの終わりではない。新しい憎しみの始まりだ。

実際にあとになって振り返ってみれば、そのころの内戦はまだ始まりに過ぎなかったし、内戦が終わって何年も経った今でも、元の隣人はもう隣人に戻ることはない。

ユーゴ内戦の番組を見ていたころにアフリカの真ん中で始まった紛争のことを、ニュースでどう伝えていたのか、記憶にはない。一九九四年に、入江さんが取材に向かう途中の飛行機事故で死んだニュースははっきりと覚えているが、そのときもアフリカのどこか、と理解しただけで、フジテレビのカイロ支局にいて中東の戦争のニュースに必ず登場していた入江さんがなにを取材しに行っていたのか、考える余裕はなかった。そのあと何年かして、テレビの番組の中で入江さんのことを伝える特集があった。入江さんの妻とまだ小さい男の子が映っていて、こんなに美人の奥さんがいたのか、と思った。入江さんの残した手帳や手紙が紹介され、そのとき、入江さんが取材に向かっていた場所が、ルワンダだと知った。今まで行ったどんな戦場よりもひどい、と入江さんは手帳や手紙に書いていた。それを知ったころには、ルワンダでなにがあったかは、「周知の事実」になっていた。しかし、入江さんの乗った小型飛行機が山の斜面に激突したころ、ルワンダがいちばんひどい状態だったころ、わたしはそのことを知らなかった。ルワンダ以外の場所では、ニュースでの扱いもそれほど重大なものではなかった。

入江さんがルワンダに行こうとして死んだことを知ったときに、わたしにとってはルワンダという場所が存在し始めた。地図に書いてある名前ではなく、ことつながった場所として、歩いて行けばいつか辿り着く、同じ時間を生きている場所として、存在するようになった。

友人たちとテレビの話をしているときに何度か、入江さんのことを言ってみたことがある。わたし好きだったんですよ、フジテレビの、カイロ支局の、おにぎりっぽい顔の、眉毛《まゆげ》の太い。ああ、入江さんでしょう、あの人熱血でよかったよねえ、と一人だけ軍事オタクの友人が答えてくれた。そのあと名前が思い出せなくなってきたからインターネットで検索してメモした。だから今は忘れない。入江敏彦《としひこ》さん。

「きみ、さとみちゃんでしょ？　やっぱり。会いたかったんだよー、さとみちゃん！」

うしろのテーブル席で、背中を向けて座っていたほうの男が、上体をひねってこっちを見ていた。ポロシャツにジーンズの、陽気そうな男だった。

「違います」

「またまたぁ、なんで嘘《うそ》つくの。また会えると思ってたんだ、さとみちゃん」

「違うよ、さとみちゃんは今タイだから」

カウンターの中から有子が声をかけた。男は大げさに不満そうな声を上げた。

「ええー、有子ちゃんまで。おれはだまされないぞ。なんか飲む？　さとみちゃん」

「申し訳ないですが、さとみちゃんではないです」

「おまえ、目悪いんじゃないの？」

壁側に座っていた連れの男も笑っていた。ポロシャツの男はそれでもしばらくさとみちゃんさとみちゃんと言っていたので、よほどさとみちゃんが好きなんだろうと思って、自分がさとみちゃんではないことが申し訳ない気持ちになった。それを察してくれたのか、男はとうとうわたしがさとみちゃんではないことを承諾し、その上で一杯奢《おご》ってくれるというので、ハイボールを頼んだ。男はかなしそうで、焼酎《しょうちゅう》を五分に一杯ぐらいのペースで飲みだした。

それから、有子と顔見知りらしい若い女三人のグループがやってきて、カウンターで賑《にぎ》やかに恋愛に関する話で盛り上がりながら飲み始めた。有子が話をふってきたので、わたしは、健吾とつきあい始めてから別れるまでの経緯を話した。大阪で知り合ってつきあい始めたが、ほどなく健吾が東京の会社に転職して遠距離で三年、わたしが東京に引っ越したけど向こうが会社の借り上げマンションに住んでたから別々の暮らしが更に三年続きまして。向こうの仕事は携帯電話のサイトのシステム作る会社だったんですけど、物流とか支払いシステムとかわりと堅めの、夜中まで残業とか休日出勤も多いからあんまり会えず、いざ結婚していっしょに住んでみたら、同じ空間で生活するのが難しかったみたいなことですかね、ざっくりまとめると。結婚してから向こうは地方の仕事を理由にして家を空けることが増えて、お互いもうだめなのはわかってるって状態が一年ぐらい続いて。元々わたしのほうが好きになったし六年もつきあって結婚したのに終わりにする勇気がなくて、そうこうしているうちに、出張中の向こうから突然電話がかかってきてですねえ……。

電話での〝修羅場〟話は、彼女たちにウケた。相手の女を罵《ののし》ってくれたし、何度も聞いている有子も、いちいちちゃんと反応してくれたので、笑えるネタを提供することができてよかったと思った。

そのあと、今度は有子が、二十歳で結婚した最初の夫と別れた経緯と、二度目の結婚相手である昇太の父親がくも膜下出血で急死してしまった経緯を話した。女たちの一人は、えーっ、有子ちゃんそんな苦労してるなんて知らなかったあ、なにも知らずに恋多き女だとか茶化したりしてごめんねえ、と目に涙を溜《た》めてしきりに頷《うなず》いていた。

男は体を重視して選んでるんだけどね、頭の中まではわかんなかったなー、と有子はあっけらかんとしていた。彼が死んだことを五か月後にやっとわたしが知ったときも、そのあとも、有子は一貫して泣いたり落ち込んだりという様子は見せたことがなく、絶対にこの態度を崩そうとしないのだった。

話の流れで、わたしが、男の人から食事に誘われたというようなことは今まで一度もない、と言うと女たちは、信じられない、絶対嘘だ、言われているのに気づいてないんじゃないのか、とこっちが不安になるほど大げさに驚いた。

そのうちに、いちばん年下らしい女が言った。

「人間の気持ちなんて、どう転ぶか、一瞬だよ。今度気になる男に会ったら、手でも握ってみればそれだけで全然ちがうから」

「人に触るのも触られるのも好きじゃないんで」

思わず答えてしまった。

「へええ、そうなの？　初めて聞いた」

すっとんきょうな声を上げたのは有子だった。

「聞かれなかったし」

自分自身、明確に言葉にしたのは初めてだった。口から出た言葉を聞いて、そうだったのか、と思った。わかっていたけど、認めたくなかった。

有子は肩をすくめて言った。

「宣言ぽい感じで言われてたら引いてたかもね。トラウマ告白された、みたいに思ったかも」

「なにかいやな経験があるとか深刻な話じゃなくて、ずっと、好きじゃないだけ。子供でも、犬とか猫とかも、見てるのはかわいいけど、あんまり触れない」

近くに座っていた女が、わたしをじっと見た。

「怖いの？」

「気持ち悪い、ですかね」

酒はやはり口が軽くなるな。

「触られたくないとか我慢できないとかでは全然なくて、かといってなんでもなくもないし、なんか居心地悪いっていうくらいの、それぐらいのちょっとした感じというか」

「人のことってわからないもんなんだね」

有子がそう笑って、話題は別のことに移っていって、わたしは少しほっとした。

店に三時間もいたので、一度外に出てみた。周りにぽつぽつあった食べ物屋もほとんど閉まっていて、少し離れた角にあるコンビニエンスストアの周りだけが白く光っていた。道はコンビニへ向かってほんの少し上り坂になっており、酔っているせいか地面が波打っているように感じた。コンビニの前まで歩いてみると、とっくに帰ったと思ったさっきのさとみちゃんファンの男がごみ箱の前で水を飲んでいた。わたしは軽く会釈《えしやく》をしたが、赤い顔をした男は、誰だかわからないという感じでわざとではなくほんとうに戸惑った表情を浮かべ、水のペットボトルを握りしめたまま不審そうな目をわたしに向け、申し訳程度に頭を下げた。

広い通りまで歩いて行って引き返してくるともう男はおらず、いっそう静かになった路地からバーを見ると、看板の照明が半分壊れているのに気づいた。

店に入ると、女たちはいなくなっていて、かわりに源太郎が、さっきまでわたしが座っていた場所でビールを飲んでいた。そして、最近のお薦めだというアメリカのゾンビもののテレビドラマについて話してくれた。

葛井夏が所長を務める学習塾は、駅から連なる商店街を途中で外れたところにあった。

「先生、ほんま、あの子はなんでなんにも言わないんでしょうかね。言いたいことあったら言うたらええのに、勉強できてたらそんでええと思てるんやろか」

「いやー、坂上さんは確かに成績いいですけど鼻にかけるようなところは全然ないですし、たぶんどう話していいかわからないんじゃないでしょうか？　ゆっくり答えを待たれてみたら……」

「そんなん散々聞いてきたんですよ、今まで。怒らへんから言うてみなさいって。それがまた親に嘘《うそ》ついて欠席。今月だけで三回目ですよ、三回目。信用してきたのに恥かかされましたわ。先生は子供いてはれへんから気持ちわからんと思いますけど」

わたしは「先生」じゃないねんけど、と思いつつ、夏は、一時間近く同じことを繰り返し話し続けている、中学三年生の坂上まゆの母親から少し視線を上げると、出っ張った梁《はり》にピンで留められた今春の私立中学の合格者名が書かれた紙がエアコンの送風でかすかに揺れていた。

「妹のほうがよっぽど毎日我慢して勉強して、努力家なんですよ。あの子はちょっとやったらすぐできるもんやから、調子に乗ってるんやわ。親のこともバカにして」

「いえいえいえ、あの、坂上さんは勉強が好きなんだと思うんですよ。楽しそうにやってるから、勉強してるように見えにくいってことも……」

「ほんなら先生は、わたしがあの子の悪口言うてるって思てるんですか。自分の子供のことはわたしがいちばんようわかってます。だから腹立つんです」

「えー、その、大変ですよね、ものすごく」

この人は相談したいのではない聞いてほしいだけだ、というのはわかっているが、お気持ちわかりますと安易に同意することは、夏にはできなかった。友人の勉強を見てあげている坂上まゆの姿も知っているし、塾のマニュアルにも書いてある。どちらの味方もしないこと。所長、と肩書きはついているが、実質的な権限は地区長にあり、任務は現場管理にすぎない。坂上姉妹の母親はそれから一時間近く堂々巡りの話を続け、夏が塾内の点検を終えて電車に乗ったのは日付が変わりそうな時刻だった。

自宅近くのコンビニエンスストアに辿《たど》り着き、焼き鳥とヨーグルトをレジに持って行った。

「夜中にそんなん食べたらあかんで、クズイちゃん」

言われてよく見ると、店員は中学の同級生の男だった。名前を思い出せず、名札を見て「太田《おおた》」と確認した。

「あれ？　前からおった？」

「おったおった。おとといも来たやろ。なんも買わんと出てったけど」

店内にはほかにも四人ほど客がいたが、皆、なにを買っていいか明確ではないらしく、立ち読みしたり弁当の棚の前をうろついたりしていた。太田のうしろではもう一人の店員が煙草《たばこ》の補充をしていた。

「やばー。わたし、顔が疲れててやばない？」

「夜中に焼き鳥のほうがやばいって」

「仕事昼からやから時間ずれてるねん。学習塾」

「そんなめんどくさそうなとこ、よう毎日行くなあ。あ、給料ええんか」

太田は、夏の白いシャツにジャケットという服装を無遠慮に見た。夏は、そういえば誰かのブログかなんかに太田の家がやってたスーパーが取り壊されてたって書いてあったな、と思い出したが、そのことには触れずにおいた。

「お金もらわなやってられませんわ。あー、やっぱおでんも食べよ。こんにゃく二個と糸こんにゃくとうどんください」

「バランス悪っ。栄養足らんかったら心がすさみますよ」

「うん。ありがとう。ほなまた」

「がんばって」

コンビニを出て振り返ると、白い光に包まれた店の中で、太田がもう一人の店員になにか耳打ちしているのが見えた。

マンションの三階の部屋に辿り着くと朝早い仕事の母はとっくに寝たあとだった。ノートパソコンを開いて知人のブログを巡回しながら、焼き鳥とこんにゃくと糸こんにゃくとうどんを食べた。知人たちは概して「相変わらず」という感じだった。最近食べたもの、最近見た面白い画像へのリンク、職場の愚痴、取ってつけたようながんばろうとか仲間に感謝してるというような言葉。太田の両親がやっていたスーパーが閉店したことを書いていた同級生のブログを見ると、会社を辞めて中国語の勉強に行くと書いてあり、今日食べたラーメンの写真がアップされていた。

中国語わたしもやりたいな、がんばってー、と適当なコメントを書き込みながら、まあなんというか、自分の周りはこういう感じで時間が経《た》っていくんだろうな、と夏は思った。今はそれなりに、高級ではないけどおいしいものを食べて三分ぐらいの動画を見て笑って、自分たちはそこそこがんばっているのだと確認するためのコメントをしあっているうちに、だんだん先細りしていって、近所の店は閉店し、親は歳《とし》を取る。自分は、今の仕事が続く限りはあの職場に通いそうだ。結婚したいという気持ちは全く起こらないし、恋人がほしいとも思えない。じゃあ、ずっとここで母と暮らすんだろうか。

すでに満杯のごみ箱にプラスチックの容器を押し込み、自分の部屋に戻ってから、夏は兄の置いていった写真を眺めた。

兄の写真は対象に寄った構図が多く、どこの場所で撮られたものなのかわかりにくかった。ザリガニ、落ち葉、畳の縁《へり》、ドアノブ……。同じようで少しずつ違うものをたくさん撮って並べるのってそれなりに楽しめる、と思った。中井と話すようになってから、兄の写真も一枚一枚じっくり見る気が起きるようになった。畳の縁シリーズのカラー写真を見ているとき、夏はふと手を止めた。そのうちの一枚に写っている、畳の上に散らかっている洋服のなかに、夏は見覚えのあるものがあった。先週、ミスタードーナツで中井と覗《のぞ》き込んでいた写真に写っていた縞《しま》模様と似た柄が、そこにあった。青と黒の縞々。

それから夏は、段ボールの中につっこまれた兄の「残り物」を覗き込んだ。そしていちばん底から、青と黒のスウェット地の帽子を引っ張り出した。

砂漠の真ん中の小さな町では、銃撃戦が起こっていた。町の女たちは両手を広げて叫び、地面に伏せて嘆いていた。自動ライフルを持った武装勢力は民家の陰から攻撃し、軍用車から次々降りてくる兵士たちが応戦した。砂の上に倒れた負傷者が運ばれ、ヘリが飛び立った。

急に、映像の編集と効果音のトーンが切り替わり、血が作り物で、負傷者は人形だと明かされる。

住人たちは、戦争が続いているイラクからの移民で、アメリカ中西部の砂漠に作られた架空のこの町で実際にしばらく暮らしていた。細かい設定が与えられ、訓練に来た部隊は有力者との交渉、住人の苦情の処理、民家に潜伏する武装勢力との交戦などを学ぶ。悪い冗談のようにも思えるが、それはわたしがそこからも実際の中東の町から も離れた場所にいるからで、住人たちは離れた祖国には戻れないし、一か月の訓練を終えた部隊は本物のイラクへ行ってそこでは数人がほんとうに死んだ。

中東で戦争が続いていることが、時間が経つにつれてだんだん報道もされなくなる。戦争が続いているという状態にすっかり慣れてしまって、仕方がなかったことのように感じてしまう。

始まりがいつだったのか、どこから始まったのか、忘れてしまいそうになるが、戦争が始まる前には反対運動もあったし、ほんとうには始まらないんじゃないかと、望みというよりは勝手な期待を持っていた人も多くいたと思う。しかし戦争は始まり、あれからずっと続いている。始まってしまえば、終わる事は難しい。終わらせ方を忘れて、自爆テロや攻撃のニュースを見かけたときだけ、「まだやっているのか」と思う。

まだやっている。ここだけでなく、そこでも、あそこでも、まだやっている。ずっと、やっている。そんなものだ、と。

どんな大きな事件も悲惨な戦争も、最初の衝撃は薄れ、慣れて、忘れられていく。また事件や戦争が起こったら、忘れていたことを忘れて、こんなことは経験したことがない衝撃だ、世界は変わってしまったと騒ぐけれど、いつのまにか戻っている。戻ったみたいに、なっている。

世界貿易センタービルに飛行機が突っ込んだときの映像を見たり、それを思い出したりすると、あのときは父が生きていた、と必ず思う。わたしは勤め先を辞めた直後で東京に引っ越す荷造りのために、実家にいた。自分の部屋にいた父が駆け下りてきて、すごい事故が起きてる、と言ってテレビのスイッチを入れた。ラジオでニュースを聞いたらしかった。食卓に母が座っていた角度も、床に転がっていた自分がそのときめくっていたファッション誌のページも覚えている。

「事故」ではない、とわかったのはその数分後に二機目がもう片方のビルに突入する映像が映ったときだった。そこで日付が変わるくらいまで見て、あとは自分の部屋のテレビで一晩中見ていた。大きな戦争が始まるのではないかと、怖くて眠れなかった。戦争が始まったことを自分はテレビで知らされるだろう、と子供のころから明確なイメージがあった。何か起きて、テレビをつけるともう世界は元に戻れなくなっていて、わたしは二度と家から出られない。翌日から、アメリカのニュースチャンネルには「UNDER THE WAR」の文字が並んでいた。

父が死んだのはそれから一年以上あとで、そのあいだに父と話したり病院に通った記憶もいくつもあるのだが、あの瞬間にまだ生きていた、とはっきりと実感するのは二〇〇一年九月十一日、日本では夜の、父が階段をどたどたと下りてきて「すごい事故が起きてる」と言ってテレビをつけた、その一連の動作と時間だった。だから二つの高層ビルが煙を上げる映像を見ても、その日の話題が出ても、わたしにとっては必ず「父がまだ生きていた時間」として蘇《よみがえ》る。「事故」ではない、とわかるまでの時間、北棟が崩れ落ちるまでの時間、南棟も崩れ落ちてそこにタワーがなくなってしまうまでの時間、そのあと一人でテレビを見続けていた時間。あの日と父が結びついているのはたぶん、事件の大きさだけでなく、父がわたしに幼いころからずっとアメリカの話をしていたからでもあると思う。一度も行ったことのない国のことを、父は信じていた。アメリカならこうする。アメリカなら、と。

父が死んだ、ということをどれくらい自分が理解しているのか、いまだにわからなくなることがある。すでに離れて暮らしていたこともあって、自分の生活が大きく変わったわけではないし、出張か旅行に出ているだけのように感じることもある。そのうちに帰ってきて家にいるのではないかと、そういう夢もときどき見る。父が病気だったあいだのことについて、ああすればよかったあれをやらなければよかったと、たとえばもっと早く病院に無理にでも行かせればよかったとか最後はもっと好きなことをさせてあげればよかったとか近くの病院がいいと言ったのに大きな病院へ転院させようとしなければよかったとか、具体的な後悔は山ほどある。それから、死んだあとで、家族のあいだのことで父がいなくて困る、とそれも具体的に思うことはよくある。

しかしそれが死んだということの実感とは違うような気がしてしまう。父の病気がわかってから、数か月で死ぬとわかってから、それが現実になることの恐ろしさに怯《おび》え続けていた、あの強烈な感情に比べれば、実際に父がいなくなってからの自分の感覚は気の抜けた、夢の中で自分の設定を忘れているような、茫洋《ぼうよう》としたものに思える。

それでもさすがに七年も経てば父がいないことに慣れて、しかしなにかが失われたという気持ちは減ることもなく、その分、二〇〇一年九月十一日のあの瞬間に父がまだ生きていた、という実感だけが妙に鮮やかになっていくのだった。

リモコンを操作し、別のドキュメンタリー番組を見た。

白黒の粗い映像。爆撃を受けた街の建物は破壊され、ところどころではまだ炎が上がっていた。崩れ落ちた建物の陰に上半身が押しつぶされた人、道路の端に瓦礫《がれき》や焼けた車と同じように焦《こ》げて転がっている人、持てるだけの荷物を引きずり黙って歩く人たち。そのそばを装甲車に乗った兵士たちが次々と通る。兵士たちも初めて見る光景に心を奪われているように見える。どこに行っても大勢の人、死んだ人もまだ生きている人も、たくさんいた。

なぜ、わたしはこの人ではないのだろう、と思う。殺されていく人がこんなにたくさんいて、なぜ、わたしは殺されず、倒れて山積みになっている彼らではなく、それを見ているのかと、思う。同時に、死体を足先でつついて確かめている彼ら、抵抗する気力を失って不信に満ちた目をカメラに向けて歩いて行く人々を機関銃を携えて見張っている彼ら、家に火を放ち手榴弾《しゅりゅうだん》を投げ込む彼ら、ではないのか。

殺される彼らも、殺す彼らも、今わたしの目の前にいて、燃える街からこちらを見ているのに。

お湯を沸かして、ほうじ茶を入れ直した。網戸の向こうに、すっかり濃い緑の葉を茂らせている高い欅《けやき》が見える。空は水色をしていて、どこかにでかければよかったかなと思う。だがどこに行けばいいのか、思いつかなかった。

マグカップを持って、またテレビの前に座る。暇なんだよ、と言った有子の父の言葉が聞こえてくる。確かに暇だ。こういうドキュメンタリーばかり見ているのも、たぶんこれ以上に〝おもしろい〟と思う番組がないからに過ぎないのだろう。

子守でもさせてもらおうかな、と思って、iPhone の連絡先をスクロールしてみた。わたしが自分から気軽に電話できるのは有子だけで、それは、有子が女との約束は守らないからだ。

ほうじ茶はとてもおいしかった。ハードディスクレコーダーは録画容量がいっぱいになっていて、ダビングするためのＤＶＤを買いに行かなければならなかった。

部屋には銃声が響いていて、誰の声もしなかった。わたしはこの快適な部屋で、誰とも、話していなかった。

12

特別に用事があったわけではないが、二年ぶりに大阪の実家に帰ってみることにした。

大阪城公園でクズイの妹に会ってみたかったが、中井に聞いてもらったところ、この土日は仕事の上に模試もあって身動きが取れないのだという。

大学時代の友人からイラストの個展をするという知らせが来ていたので、土曜は京都に寄ることにした。午後六時に中井と待ち合わせて、神宮丸太町駅から歩いた。梅雨入り間近の曇り空はまだまだ明るく、湿度の高い熱気が道路から跳ね返ってきた。

「えらいよな、ほんま、おれも働かな」

「なにして?」

「そこが問題やな。第一候補は高原レタスやな。冬にスキー場でいっしょになったやつが行ってるねん。そやけど、朝の三時から十六時間ぐらい働かせるらしいから」

「十六時間? 世の中のそういう仕組みってどうにかなれへんのかな」

「レタスが一個千円ぐらいにならなあかんのんちゃう。まあ行って、あかんかったら脱走するわ」

古い木造の家たちは、増えたマンションに挟まれて両側からそのままぺしゃんこにつぶされてしまいそうだった。道路は混んでいて、市バスが鳴らした大きなクラクションが響いた。

五年も会っていない友人は個展会場には見当たらず、会場に置かれていたノートに来たよとだけ書いてきた。近くの古い喫茶店で二時間近くしゃべって出てくると、すっかり暗くなっていたが気温はたいして下がっていなかった。中井の知り合いがカフェというか、要するに飲み物や食べ物があって座ってしゃべっていていい店を作って今日が開店だというので、いっしょに行ってみることにした。鴨川沿いの道を南へひたすら歩き、東へ坂を上がった先の角に木造の二階建てがあった。

「あれちゃう？」

元は和菓子屋だったらしく庇《ひさし》の上には煤《すす》けた古い書体の看板が残されたままだった。入ると外の印象とは違って壁は明るい色に塗られ、奥に長細い店の中にはすでに人が詰め込まれていた。

中井に声をかけてきた、店主夫婦らしき二人の、女のほうに見覚えがあった。

「あ、お久しぶりです」

と言ってみたが、長い髪に藍染《あい》めのスカーフを巻いた、確かわたしより五つ年上の女は、眉《まゆ》をしかめてわたしをじっと見返した。

「えーっと、誰？」

その無遠慮な視線に、あ、この人のこと苦手だったのを忘れてた、と気づく。マチさん、と言う名前も思い出す。確か健吾とも知り合いだったはず、と思うが、わたしと健吾が結婚していたことを知っているかどうかわからない。とりあえず七年ほど前に京都の友だちのライブで会ったことを伝えた。

「あー、でもごめん、やっぱり覚えてない。思い出されへんわ。へー、東京に住んでんの。どこ？」

マチさんは店の真ん中に置かれた大きな一枚板のテーブルの端にわたしを座らせて、その横に丸椅子《まるいす》を持ってきて自分も座った。

流れている音楽は古いブルースで、とても足の細い男が一人酔っ払ってテーブルの下に倒れていた。定員オーバーという感じの店の中を見回す。前はこういうところに来ると、連絡を取り合わなくても誰か知っている人がいたのに、と思う。絶対誰かいるだろうという安心みたいなものがあった。それがいつ頃までだったのか。気がつけば「前」に京都に来たのがいつだったかもすぐには思い出せない。同じような場所で同じような人たちがいるつもりでも、人は少しずつ入れ替わって、今はもう苦手なこの人しかいない。

なにか言わなければ、と思って頭の中でいくつかの話題を検討してみた結果、いち、にの、さん、で言ってみる。

「京都は、七〇年代ぐらいで時間が止まってますね」

「遊びに来るぐらいがちょうどええんちゃう。改装したから大家ともめてんねん。保証金割り増しで払《はろ》たのに」

マチさんがインドネシアの煙草《たばこ》に火を着けると、何年か前の記憶がいっぺんに蘇ってくるような匂《にお》いがしたが、具体的に何かの場面は出てこなかった。

「わたしもお店したいな。いろんな人が来てくれて、しゃべれるのっていいですよね」

「向いてなさそうやで」

「どうしてですか？」

「目が、泳いでるから。人と話すときは目ぇ見ようよ。あー、ごめんごめん、厚かましいってよう言われんねん、わたし。ちょっとー、これ、もう一杯持ってきて」

マチさんはビールのグラスを持ち上げて、カウンターの中の女の子に向かって振った。ビールはバケツリレーのように三人に手渡され、テーブルの斜め向かいに座っていた赤い眼鏡の女の子がマチさんの前に置いた。

「あ、えっちゃん、えっちゃんて住んでんのどこやった？　この人、世田谷らしいから近所ちゃう？」

　マチさんは話し相手をあてがうと、さっさと移動していった。

「あー、どうもです。わたしは武蔵小山だけど、世田谷に友だちいますよ。どこですか？」

　えっちゃんと呼ばれた彼女は、雑誌によく載っている近所のカフェの名前を挙げた。あそこのケーキ、おいしいですよね。

「うちのダンナもカフェでイベントとかやってるから来てください。お菓子作るワークショップ。京都って素敵ですよねえ。引っ越しちゃおうかな」

「そうですね。それもいいかな」

　考えてみれば自分も、京都に住んでもよかった。東京に住んでいる理由はもうなくなったし、そもそも、どこに住んでもかまわないのだと、急に気づいた。仕事が見つかるかどうかだけが問題だが、それは東京でも同じことだ。思い当たってしまうと、今度は東京にいられなくなりそうで、不安になった。

中井は知り合いがいなくても関係なく、人に話しかけていた。わたしは、コーヒー豆屋でアルバイトをしているというえっちゃんの話に相づちを打ちながら、中井が横にいてくれたら知らない人とももう少し気楽に、たとえマチさんとでもしゃべれるのに、と思っていた。有子でも、加藤美奈でもいい。チューナーになってくれる人がいないとき、他人となにモードで話せばいいかわからない、と前に有子に説明したことを思い出す。年下の友だちモードとか、ちょっと気を遣う知り合いモードとか、ハイテンションでしゃべり続ける人に対応するモードとか、そばにいる誰かに合わせられるとしゃべりやすいんだけど、とわたしが言ったとき、なにそれ？　意味わかんない、と有子は笑っていた。

身動きができないほどの人数になってきたので、一時間ほどでわたしと中井はそこを出た。次の角のところまで出ても、静かな道には店の中からの声が聞こえてきていた。

「なんか、食おうや。腹減ったわ」

「うん、どっかこのへんに昔行ってたホルモン屋が……なんやったらごちそうするし」

わたしが横断歩道を渡りかけると、中井は道を下ったところにあるローソンを指差した。

「そんな豪華なんええから、からあげクン奢《おご》ってよ」

ローソンでからあげクンとじゃがりことお茶と煙草を買って、鴨川まで歩いた。四条より南では川幅も狭く、人影も明かりも少ないし周りに店も見当たらない。小さい橋の袂《たもと》から続く石段を下り、河川敷に腰を下ろした。周りは雑草が伸び、川と土手の境が見えなくなっていた。近くに堰《せき》があるのか、ごうごうと水音が響いていた。

「あれ、なんやろ」

雑草の茂みの中を、白っぽい塊が動いていくのが見えた。がさっと音を立て、飛び上がるとすぐに水面のほうへ降りたが、葦《あし》にまた姿は隠れた。

「青鷺《あおさぎ》ちゃう？　こんな暗いのに飛べるんやな。鳥目って暗いとこでは見えへんて意味やろ」

「それもそやな」

しかし、葦の隙間《すきま》から再び飛び上がった青鷺は、今度は悠々と橋のほうまで舞い上がって旋回して、戻ってくると向こう岸の水際《みずぎわ》へ降りた。

これから夜が深くなる時間なのに、夜明けのように思えた。夜明けなのに朝は来ずに、ずっと夜明けだけが続く時間のようだった。何度もこんな時間を繰り返してきたと確信するが、いつのことなのか思い出せない。思い出せないその時間と入れ替わっても気づかないかもしれない。

たとえばこれから石段を上がって、川端通へ出てバスに乗って、友だちの家に行けばまた前みたいに泊めてもらえるだろう。

違う。あの家にはもう友だちは住んでいない。別の人が出てくるか、それとも、あの二階建ての家もなくなってマンションかなにかが建っている。十五年があっという間に過ぎて、皆それぞれの場所へ移動していった。

「おれ、来週から沖縄行くかも。ホテルのバイト、さっき知り合いから連絡きてた」

「沖縄かー。よさそうやな」

「適当に言うてるやろ。バイトなんかで行かんでも旅行で行くわって思たやろ」

「いやいや、沖縄、住んでみたいねん。うちの地元、沖縄出身の人多くて、食べ物とかも馴染《なじ》みあるし。友だちも、おじいちゃんおばあちゃんは沖縄っていう子が多かったから」

小学生の時、友だちの家で洞窟《どうくつ》の写真を見せてもらった。戦争のときに親戚《しんせき》がそこで死んだ、と教えてくれた。

「へー。沖縄、行ったことあんの？」

「ない」

「平尾さんはどこも行かへんねんな」

「せやなー。どこか行きたくなっても、調べたり準備のこと考えたりしたらそれだけで疲れて行く気がなくなるねん」

「準備って？　お金？　平尾さんぐらい持ってたら心配いらんで。おれ思うけど、そろそろ、みんな気づく思うねん。この十年ぐらい世界中のっていうか、裏側みたいなんとか秘密とかわけわからんすごいもんいろいろ見てきたと思ってたけど、よう考えたら全部液晶画面見てただけやった、って。なんもかも、いっしょのちっちゃい画面やった、ってなると思うねんな。っていうか、おれが思ったからやけど」

　中井は携帯電話を片手でぱかぱか開け閉めした。液晶画面の青白い光がぼんやりと周りの草を照らしていた。

「十年どころか、わたしはもう三十年以上になるで。ブラウン管が液晶になっただけやわ」

　土手の上の、ここからは見えない道路を走っていく車の音がときどき聞こえるだけで、あとは水の音しかしなかった。向かいに建つマンションにはなぜか明かりは一つも見えず、このあたりにはもう誰もいないのではないかという気がしてくる。

中井の煙草がゆっくりと燃えていくあいだ、対岸の少し下ったところにある三階建ての古い旅館を見ていた。六十五年前にはこのあたりは燃えなかった。空襲がまったくなかったわけではないが、ほかの街のように焼け野原にはならなかった。十五年前、西陣の友だちの家にしょっちゅう遊びに行っていたころ、山名宗全邸宅跡の石碑を見かけた。応仁《おうにん》の乱の西の陣。五百年と少し前には、この街も長い間、燃えて荒れはてていた。その灰の上に家を建てて暮らしてきた。

「そろそろ行かな」

終電の時刻がずっと気になっていたので、わたしは立ち上がった。中井が先に土手の石段を上った。その頭の上を青鷺が飛んでいった。悠々と橋を越え、暗い川面《かわも》へ滑空していった。

川端通を、ときおり自動車のヘッドライトに照らされながら歩いた。わたしは十五年前に行ったトロイのことも思い出していた。イリアスの遺跡は、崩れた石垣が点在する丘で、土と石組みが交互に重なっている断面が見える場所があった。破壊され滅びて、またそこに作られた都市の遺構が九層も積み上がっていた。滅びても滅びても、昔の都を知らない世代の人たちまでもが、なぜ九度も同じ場所に街を作ったのか、人間のその力はどこから来るのか、と思いながら眺めた都に十度目はなかった。千年も前から、破壊された石が雑草のあいだに転がる荒れ地でしかなくなっていった。その丘の縁から見渡すと畑の広がる静かな場所で、人が大勢集まる都市があったこともそれが丸ごとなくなるような破壊が何度もあったことも、かけ離れすぎて幻みたいだった。

どれが幻？　賑《にぎ》やかな都市、廃墟《はいきょ》、のどかな畑。どれが？

どれも同時に目の前にあった。晴れて風のない、穏やかな冬の日だった。

今は、二〇一〇年の夏の始まりの夜。

四条まで歩いて阪急電車に駆け込み、中井と並んで座った。梅田までの最終の普通列車はいちいち停車して、大阪はとても遠かった。やっぱり大阪城にも行けばよかった、と思ったので、わたしは言ってみた。

「今度大阪城行ったら、石垣のどっかに機銃掃射の跡があるらしいから見てきてくれへん？」

「機銃掃射って？」

「空襲のときに、焼夷弾《しょういだん》じゃなくて、戦闘機についてる機関銃で撃ってくるやつ」

「恐ろしいな」

「場所調べてメールするわ。ネット見てたら載ってて」

向かいの座席には酔いつぶれたじいさんが横になっていて、その周りだけ乗客がいなかった。

「なんで？」

「いやなんとなく、興味あって。六十五年経《た》っても残ってるんやなって」

「あの辺て空襲あったんや」

「大阪城とか森ノ宮のほうって、陸軍の施設とか軍需工場があったからだいぶ攻撃受けたらしいで」

そしてわたしは八月十四日に京橋に空襲があったことも言った。終戦どころやなかったやろな、と中井は言ってから、

「興味って、戦争？」

と聞いた。

「わたし、予備校生のときに暇やったからユーゴスラヴィア内戦のニュースばっかり見てて、なんて言うたらいいんやろ、戦争になるってどんな感じか、知りたいんかも」

全然説明していない。説明しきれないことを伝えるにはどういうふうにすればいい

のか、中途半端《はんぱ》に省略して嘘《うそ》をついているような気持ちになる。中井は少し考えるような顔をして車両の天井を眺めていたが、しばらくして言った。

「そのときサッカーのユーゴ代表ってドリームチームやってん。オシムが監督で」

「オシムさん？　そうやったんや」

「でも途中で内戦になって、代表ばらばらになってもうて、オシムも監督辞めて、めっちゃもったいなかった。すごいチームやって盛り上がってたから。実現してたら、歴史に残る名勝負が見れたかわからん」

「知らんかった。ストイコビッチがＮＡＴＯの空爆に反対のシャツ着てたのは、覚えてるけど」

「それはだいぶあとやな。酒屋でバイトいっしょやった子が元サッカー選手でその話したん覚えてるから、えーっと、九九年とかちゃう？」

「そうか。そんなに経ってたんや」

　スポーツ新聞に写真が大きく載っていたのを覚えている。そのコソボの空爆も、まだ終わりではなく、長い争いの途中にすぎなかった。

　ユーゴスラヴィアのことも、結局あとになって知ったのかもしれない。リアルタイムでニュースを見ていたと言いながら、なにが起こっているかわかっていなかった。

ただ右から左に流れていったただけ、目に映っていただけのこと。ただ見ているだけで、なにも知ろうとしなかった。だとしたら、ルワンダのことと変わらない。あとになって、映画が作られ、証言を集めた本が出版され、やっとなにが起こっていたかに気づく。わたしは最初から知っていたような顔をして、そこで悲劇があったと語ろうとする。

一九九九年には、わたしは大阪にいて、本町の会社で働いていて九月から写真のワークショップに行き、つきあい始めた健吾は東京の会社に転職して、二か月か三か月に一回は大阪か東京で会って、電話だけは毎日かかってきていた。そのうちのどの日が、空爆があった日だったのか覚えていないのは、その程度の関心だったということなのか。

「サッカーって、おもしろい？」

「おもろいで。あんなおもろいもんない」

「どういうとこが？」

「なんやろうな」

最初に中井に会った日も、帰りにいっしょに電車に乗った。ワークショップの初回だけは中津でやっていた講師の写真家の写真展の会場で行われた。写真展の会場で説明と自己紹介とそのあとにお茶とお菓子で話しているあいだずっと、中井は落ち着きなく次々に話しかけ、わざと間違えたアクセントの大阪弁を使って「生まれたての関西人」というキャラクターになったり、カメラを構えて体を回転させて「パノラマ写真！」と叫んだりしていた。おかげで初対面の参加者たちは大笑いしているうちに互いに気軽に話しかけることができた。

それで、地下鉄の中津駅のホームで反対方向の電車に乗った他の参加者に手を振ったあとは、わたしと中井だけが残った。電車に乗り込み、ドアの近くに並んで立った中井が言った。平尾さんて写真好きなん？　うん、学生のときにちょっとやってて。へえー、そうなんや。おれは前に現像所でバイトしてたことがあって、一回ちゃんとやってみたいなって思ててん。来てる人、結構まじめそうやったな。先生も。ふざけてたら怒られるかな？　いや、だいじょうぶちゃう？　みんな楽しんではったし。あ、そう？　まあ二週間に一回だけのことやし、大目に見てもらお。

そんなに変わった人じゃなくて普通の人なんや、と思った。難波で降りるまでずっとしゃべった。

それから十年経って、わたしは中井と電車に乗っている。

十三《じゅうそう》駅でほとんどの乗客が降り、がらんとした電車はやっと淀川を渡り始めた。

長い鉄橋の振動する音を聞きながら、窓の外の暗闇《くらやみ》を眺めていた。

何百メートルも静かな闇が横たわっていて、その先は海になる。離れた両岸に、マンションや高層ビルの白い電灯がきらめいていた。

どこに出かけても、淀川を渡ると家に帰ってきた気がする。たまに大和川のこともあるけど。淀川とそこに架かるいくつもの長い橋が、「自分の街」と他の街の境界だった。

十年前、呉で、音戸大橋の前に立ったとき、帰ってきた、と思った。祖父が死ぬ前に見えると言っていた橋、祖父が帰りたかった場所に、代わりにわたしがいて、わたしの目がその赤い橋を見た。わたしが淀川に架かる鉄橋を渡ると家に帰ってきた気がするように、長い人生の最後に残った記憶の中で、祖父にとってはあの橋を見ることが自分の場所に帰ることだったのだろう。祖父は帰れなかったが、わたしがそこに帰った。祖父が橋の名前を言ったのを、わたしだけが聞いていたから。

13

次の日の午前中に、母と天王寺へ行き、一心寺で墓参りをした。墓参り、と言っても、墓ではない。遺骨で作った仏像がある。十年ごとに収められた十数万人分の骨を砕いて固めた仏像が七体。本来はあと六体あったのが、空襲のときに焼けた。焼いた骨がもう一度焼かれて、あらゆる灰と混ざりあった。

　彼岸や盆と正月は、狭い境内に参拝する人たちが身動きが取れないほど大勢いる。線香を供える場所はキャンプファイヤーのように燃え上がって熱風で近寄れないので、線香を「差す」どころか束ごと投げ入れるのが精一杯で、ろうそくは、超高速で燃え尽きる仕様なのに台が足りずに係の人がちびた分から次々落としていくという流れ作業状態になっているのだが、今日はどうにか、線香は燃える灰の山を目がけてダーツのように投擲《とうてき》することができたし、ろうそくも他人のを落とさなくても供えることができた。それらの熱と煙と、蒸し暑い空気が混じり合って、肌に貼《は》りついてくる。

　重みで下がってきそうな厚い雲の下で、お堂の中には、灰色に煤《すす》けた白い仏像が並んでいた。新しいのはまだ白く、古いものは黒と灰色に染まっている。頭上の案内板に書かれた、それぞれの仏像の年代を見る。祖父と祖母が、別の仏像になってしまったことが、来る度に気にかかる。そして、最初に勤めた会社の上司の確か母親と、わたしの祖母は同じ仏像になっているということも思い出す。

　千羽《せんば》鶴《づる》や濃い色の仏花が供えられている塀の向こう側には、墓地が広がっている。

墓石がある人たちの場所だ。行き帰りにタクシーに乗ることがあると、運転手がたいていお参りですかと話しかけてきて、その内容は結構な割合で、今日もすごい人ですなあ、最近の人はここへ預けたほうが楽なんでしょうねえ、墓の守もせえへんとはさびしい世の中ですなあ、冷たいもんですなあ、と、嫌味ですか？　と聞き返したくなる、しかし世間的にはそれが無難な会話だと思われる方向へ向かう。母はいつも、そうですねえ、とだけ繰り返す。墓参りに困難を伴ったり、先々誰も参りに来てくれなくなるよりはこの街の真ん中の、直接自分の子孫ではなくても誰かが常に来る場所に納骨してほしいと思う人が、百年も前からたくさんいて金を払うから、一心寺は来る度に新しい建物ができ、隣地に落語や演劇のできるホールも作ることができて、線香のキャンプファイヤーもどんどん燃えさかっている。

目が痛くなる線香の煙をなんとかかわしながら、白い骨仏に手を合わせていると、ああやって死んでからたくさんの人たちの骨といっしょになるのは悪くなさそうだ、と思う。その膨大な灰の中には、友だちがいるかもしれないし、どこかで一度会っただけでどこの誰ともわからないけど気になっていた人がいるかもしれない。お参りに来る人の中にも、見たことある人がいるだろう。遠い過去も、近い過去も、ここでみんないっしょになって、「現在」の中に煤けた塊として存在し続ける。

祖母と祖父が、それを望んでいたかどうかは、わからないが。

まだ新しい仁王像が立つ門を出て坂を見上げると、塀に早く咲いてしまったノウゼンカズラのオレンジ色が少しだけ見えた。

「あの花、嫌いやわ」

母は言い、手を額にかざして日の光を遮った。親戚とは昔からほとんどつきあいがなく、二人いた兄は早くに亡《な》くなり、夫も死んでしまって、一人だけの子供のわたしがいなくなったら、母は天涯孤独になってしまう、とよく思う。定年になってもパートで残っていた倉庫会社を去年辞めて一人で家にいる母のことを考えると、大阪に帰ったほうがいいのだろうと思うが、それはほんとうにどうしようもなくなったときまでとっておきたい選択肢だった。

坂道の途中で、年取った男が二人、自転車を停めて話していた。二人とも、砂色の作業服に、紺色の野球帽をかぶっていた。どこのチームのマークも入っていない、古びた帽子。

わたしは言った。

「じいちゃん、ああいう帽子かぶってたやんな。あと、ぐるっとつばのついた、茶色いやつも」

「ああそう？」

わたしが知っている祖父と、母にとっての祖父はまた違うのだろう。祖母と祖父が大阪の病院で死んで、そしてその骨がここにあることを、わたしは知っているけれど、彼らがどこで生まれたのかは知らない。呉で母が生まれるまでに彼らがどんな二十年か三十年を過ごしたのか、母はどれくらい知っているのだろう。わたしは、母の若いころの話は断片的にしか聞いていない。

母に祖父母のことをもっと尋ねてみてもいいのだが、なんとなくずっと聞く気がしないままでいた。祖母と祖父がどこで生まれて、どんな暮らしをして、たぶんそれなりにドラマ的なこともあるに違いなかったが、それを知ってしまうと、なんというか彼らの人生が一つのまとまりになってしまうのを、おそらくわたしは、まだ受け入れられずにいる。映画やテレビドラマのようにまとまって納得してしまうことが怖かった。

まだ、完結しないでいてほしい。ところどころしか知らない、空白の多い、だけど、自分自身が確かに接した彼ら。そのときのにおいや手触りや、説明できない「感じ」のまま、帽子を被《かぶ》って煙草《たばこ》の包み紙で置物を作っていた、ただ「そういう人」というままで残しておきたいと思うのは、勝手な願望という気もしているが。

父のことに関しては、もっと整理がついていない。夢枕《ゆめまくら》かなにかで父が目の前に立ったとしたら、したいことは「文句を言いたい」なのだから。まずは早くに死んだことに対して、その他いろいろ、言いたいことを向ける先がないまま、時間だけが過ぎて、母は四つ上だった父の歳《とし》を越した。

「やっぱり、全然ええことないわ」

母が見上げた先のノウゼンカズラは、開いた口みたいに大きな花びらをこっちへ向けていた。

七時間後、わたしは電車で鉄橋を渡り、西日に輝く淀川を眺めていた。次に帰ってくるのは、この橋を渡るのは、いつだろうと思いながら。

14

夏至が近づき、仕事が終わってもまだじゅうぶんに明るいので、二年ぶりくらいに会社の帰りに新宿へ出てみた。とりあえず伊勢丹《いせたん》とルミネに行った。途中でいくつか心惹《ひ》かれるものはあり、黒のレザーのトートバッグと鹿柄《しかがら》のTシャツとがほしくなり、やはり洋服を見ているときが、正確にはほしいと思うものを見たときがいちばん気力が湧《わ》くので、これからはもう少し出かけなければ、と思ったが、さっき見たそのほしいものを買いに戻るほどの体力はまだないようだった。

ルミネのブックファーストで料理の本を見て、ああ、時間をかけて、一晩寝かせて三時間煮込んでというような料理を作るのもいいかもしれないと思った。しかし実際に買ったのは缶詰でできる簡単おつまみの本であり、それでも何かしようと思うことはいいことの範囲であろう、そうに違いなかろう、と自分に言いきかせてエスカレーターに向かった。

「あれ」

前から歩いてきたピンクのシャツを着た女の子が、立ち止まった。

「あー、どうしたんですかー？　買い物？」

目を見開いて話すその表情で、加藤美奈だと気づいた。

「はい、買い物です」

答えたら、加藤美奈は体を左右に傾けて、わたしが紙袋など持っていないか確かめたが、なにもないのだった。

「平尾さんて、どういうとこで服買ってるんですか？　この辺？　伊勢丹？」

「えっと、ほんとは伊勢丹とかで買い物したいけど、一年ぐらいずっと通販ばっかりで」

「まさか、テレビショッピングですか？」

「いやいや、カタログ的なものを見るのが好きで、近頃はネットのサイトも充実してますから」

「そうですかあ、平尾さんはテレビっ子だから、あの『注文殺到してます！』ってテロップ出るチャンネルのフリークなのかと。あれでほんとに買う人が実在するのか、って期待しちゃいました」

「わたしは、カタログやお店でいろんな種類のものが並んでいて選んでくださいとモノたちが合唱しているような状態が好きで、テレビショッピングは一つのものだけ三十分ぐらいやっているからおもしろくないです」

「わかりやすい！　平尾さんて自己分析できてますね」

ほめているのかばかにしているのかわからないことを言うし、その笑顔からも内心は推察できないが、たぶんわたしはこの人が嫌いではない。加藤美奈も小さめのバッグ以外、なにも持っていなかった。

「加藤さんは買い物ですか？」

聞くと、加藤美奈は左右を見回したので、つられてわたしも視線を移動させた。本や雑誌を見ている人たちで賑《にぎ》わっており、人が多い場所にいるといつもなぜ知っている人がどこにもいないのだろうかと思うが、今日はいた。

「ほんとは、ごはんでもお誘いしたいところなんですけど、これからデートなんですよ。いい感じのイタリアン予約してもらったんで、気軽にごいっしょにとは言えず、すみませんです」

「いえいえ、それはもう、楽しんできて。また、今度お茶でも……」

「ほんとですか？　言いましたね、聞きましたよ。今度って、毎日会う関係としては長く見積もって一か月以内ですよね」

「はい、えーっと〝今度〟は心から言いましたが、一か月以内かどうかは断言できません」

「じゃ、ほどほどでよろしくです」

加藤美奈が勢いよく頭を下げたので、わたしも下げた。おそらく、少し変わった言動をする人の前では自分の行動についてちまちまと考えなくてよいので、わたしは気が楽なのだろう。しかしそれは人に対して対等に接しているといえるのか。有子に対しても、中井に対しても。

「わーい。それではまた来週」

エスカレーターに乗りかけて振り返ると、本屋の棚の前で加藤美奈が背の高い女の人と話しているのが見えた。友だちといっしょだったとは気づかなかった。デート、と言っていたけど、このあと誰かと待ち合わせているのだろうか、前に廈門《アモイ》の出身の人とつきあってるとか言ってたな、と思うわたしを、エスカレーターは下降させた。

どこかでなにか食べて帰ろうかと思ったが、どこかでなにか、と思うときは結局どこもしっくりこない上に金曜の夜だから混み合っており、今から帰っても中途半端《はんぱ》な時間だから、とあれこれ逡巡《しゅんじゅん》しているうちに、東急フードショーで売っているパンが食べたくなり、渋谷に戻ってバスで帰るのもいいかなという考えが、バスが好きなので浮かんできて、なんとなく山手線のホームに辿《たど》り着いた。

夜のプラットホームは明るすぎて何時なのかわからなくなる。前の電車が行ったばかりだったので列の前のほうに並んで、屋根と向かいのホームの屋根の間から見上げると、紺色の空があった。高層ビルの林立した新宿で、そこだけぽかんとあいた暗闇《くらやみ》を眺めていると、深い海の底に沈んでいるような気分になりかけたが、すぐに次の電車が騒々しく入ってきて、空は見えなくなった。

乗客たちに押し込まれて、奥のドアの前に立った。すぐ隣に縦にも横にも大きい、しかも葬式帰りらしい格好の男がいて圧迫感があったので、ドアにもたれてその窓から、隣の線路にちょうど入ってきていた反対回りの山手線を見ていた。

向こうの車両でもドアが開き、大勢が降りて、降りたのよりも多い人々が乗り込んだ。わたしと同じように人波に押されてドアのところへ立った特徴のないグレーのスーツを着た乗客二人の、その顔を見て、あっ、と思った。

東京に来て最初に派遣社員で勤めた会社の、営業部の人だった。斉藤さんと、もう一人は名前が出てこない。彼らは、電車の混み具合に苦笑いしていた。わたしが頭をくっつけているガラスと、少しの空間と、またガラスを隔てて、すぐそこにいる彼らの姿はとてもくっきりと見えるのに、彼らはわたしにはまったく気づかなかった。六年を経ても全然変わらない彼らの姿にとても驚いて、自分がここにいることを知らせたかったが、長めの停車時間も過ぎて、電車は動き出した。彼らの乗った電車も、反対方向に動き出した。

彼らが遠ざかって行くのを見送り、混んだ車内で葬式帰りの大男とリュックを背負った女子高生の体重を受けながら、ルミネから自分が歩いてきた道筋を頭の中で辿った。五分前は改札のあたりにいて、十五分前にはエスカレーターに乗っていて、そのとき、彼らはどこを歩いていたんだろう。わたしが加藤美奈と話しているとき、彼らも新宿のどこかにいて、わたしが駅へ向かったように、彼らもそこから歩いてきたのか。

　六年間、まったくばらばらなことをしていて、なんの関わりもなかったのに、それが今日ここであっちとこっちから歩いてきて出会うとは、天文学的な確率ではないかと考えてみる。一つ違うドアから乗ったら、わたしが一つ前の電車に乗れていたら、その奇跡的な確率にはまったく気がつかなかったということだ。わたしがこう歩いてきて、斉藤さんたちが向こうから歩いてきて、同時に同じ場所を目指して辿り着き、しかも斉藤さんたちはそのことに全然気づいておらず、ということは斉藤さんたちには普通の単なる混んだ電車だったのかと思ったら、自分だけがこのできごとを知っているのが心苦しいように感じてしまう。

　しかし、そう感じることはすべて、あとから時間を遡《さかのぼ》って考えてしまうからで、本来は時間は先のわからない未来に向かって進んでいるだけだから、たいした意味はないのかもしれない。そもそも、人間があとから躍起になって意味や理由を説明しようとするだけのこと。斉藤さんになにか特別な思いを持っていたら、この偶然に出会うために今日は新宿に来たとまで考えたかもしれない。わたしが気になるのは、そのあたりだ。ただ流れているだけだった時間が、急に実体のあるものみたいにはっきり浮かびあがってきて、「過去」っていうものを延々と考えてしまう。

そんなふうに考えたことを、有子に話してみた。

「ごめん、あんまりわからない」

台所で振り返った姿勢のままの有子は、眉間《みけん》にしわを寄せた難しい顔でこっちを見ていた。

「斉藤って、あの禿《は》げ散らかした感じの人でしょ？　それ以外あんまり印象ないけど」

有子の隣では、その父の富士男さんが鯵《あじ》をさばいていた。水が流れる音。有子たちが住む家は、築二十年くらいの細長い建て売り住宅で、「実家」という言葉にも、有子にもその父にも、似合わないような特徴のない白い家だった。

「うん、わたしもそんなに関わりなかったし事務的な会話しかしたことないけど。でも、なんかそういうのすごくない？　しかもわたしだけが知ってるのがずるいような……」

「知ってほしかったら連絡すれば？　たぶん会社の誰かのアドレスわかるよ」

テーブルの上に転がっている携帯電話を、有子は指差した。

「それはいい」

「そこが意味わかんないんだよね。知ってほしいのかそうじゃないのか、どっち？」

「知ってほしいけど、話すことがない」

「要するに斉藤のことなどどうでもいいわけね。確率だとか意味づけ？　どうのこうのが気になるだけで」

わたしは無言で頷《うなず》いた。なにを話していいかわからない、というのは相手のことがどうでもいいということだと人から言われたら、そうなのだろうと思う。わたしはきっと、他人のことが考えられない。

昇太はソファの端で眠っていて、バスタオルを掛けられていた。わたしはそのソファの端に腰掛けた。夕方の五時すぎに夕食なんて何年振りだろうか。父の富士男さんは早朝に警備の仕事をしているのと、有子は夜六時過ぎにバーのバイトへ出かけるので、いつもこの時間と決まっているらしい。

「そもそも、知ってる人でも知らない人でもそこに居合わせてるのは全部偶然じゃん。いちいち考えてたらきりないよ」

「そう、そこが問題なの。有子は鋭いよね。わたしが考えたことって、すでに有子には通じてると思うんだけど、いつもわたしの言うことに、意味わかんないって言うよね」

「えー、そんな、わたしが理解力ないっていうかバカ的な言い方しないでよ。砂羽がほんとに意味わかんないこと言うからじゃない。他の人は意味わかるよ」

　わたしは立っていって、食器を並べるのを手伝った。

「そうかな、そんなに変なこと言ってないと思うけど」

「わたし以外には言われないの？　意味わからない、って」

「他の人にはあんまり話さない」

「使い分けてるんだ。なんにしても、砂羽は脳内会議が長すぎるんだって。脳内で、ああでもないこうでもないって、だめなおじさんみたいなやつが居並んで会議ばっかやってる」

　有子は笑いながら、冷蔵庫のビールを出した。そのうしろで、富士男さんは細長い包丁を職人のようにすっすっと引いていた。

「料理、お得意なんですね」

　富士男さんは鯵の半身に向き合ったまま答えた。

「そう、おれのおやじは漁師だったんだよ。伊豆の。それにおれも板前やってたことがあって、銀座の鮨《すし》屋で」

「なんでそんな嘘《うそ》つくの？　虚言癖？」

「いやー、かっこいいかなって」

食事の用意ができたのがわかるのか、昇太は声をかける前に自分で起きてきた。

「あっ、砂羽ちゃんがまだいました」

わたしを見つけて驚く昇太が床に落としたバスタオルを、有子はさっさと畳んだ。

「今日は、夜まで砂羽ちゃんが遊んでくれるって」

「えっ」

昇太は突っ立ったまま、有子とわたしの顔を交互に見た。

「困りますか？」

昇太の真似《まね》をして聞いてみたが、

「うーん」

とうつむいたきり、なにも言わなくなった。

「なんなのよ？」

有子が笑いながら聞き、富士男さんは鰺のなめろうの仕上がりに心を奪われていた。

「ううん。いっしょにごはん食べます」

「なんだよー、わかんないなー」

富士男さんは豪華な食卓を完成させて満足していた。五時の夕食はおいしかった。昇太も食べ出してからは機嫌よく保育園の友だちの話をし、有子は急いで食べて昇太の明日の用意もしてから出かけていった。

わたしが食器を片づけているあいだ、昇太はまたアイドルの振り付けを練習していた。

ソファでビールを飲んでいた富士男さんに声をかけた。

「なんか、今日はすみません。押しかけたみたいで」

「あのね、気を遣われるとこっちも気を遣わないといけないいんじゃないかって思ってやりにくいんだよね。自分の家はさ、くつろぐとこだから」

「すいません」

つい謝ったわたしを、富士男さんはじっと見た。それからビールを取りにいって、差し出した。わたしは栓を開け、久しぶりにビールを飲んだ。

「わたし、元夫にも言われました。なんですぐ謝るの、ほんとに悪いと思ってなかったら謝ることないのに、って。自分でもわかってるんですけど、でも、渦中《かちゅう》にいるときは、うまくいってないことに焦《あせ》って、そうするとわたしひたすら謝っちゃうんですよね。言い合うとか話し合うとかできなくて、とにかくごめんなさいしか言えなくなるというか。逆の立場だったら、そりゃあうっとうしいだろうなと」

昇太が不安そうな目でこっちを見た。

「ぼく、ごめんなさいって言ったらだめですか？」

富士男さんが昇太の頭に手を置いた。

「時と場合によるな」

「ばあいって？」

「そのときどき」

「ふーん」

急に、わたしにはこういうのないんだな、と実感が湧く。おそらく、これからわたしが子供を産む可能性は低いだろう。産まなければ、こうして五歳の息子とごはんを食べたりなにかを教えたり、することもない。今までも子供は自分から遠い存在で、「いる」状態のほうを少しも想像できなかった。小学生のとき理科の授業を聞いていて、自分の親にも親がいて、さらにその親がいてその連なりが何十億年も前のバクテリアみたいなものからどこも途切れずに続いてきて、と思い当たり、その結果ここにいる自分が連鎖を切ってしまうのはとても悪いことなのではないかと怖くなって、しかしそれ以外にどうしても子供がほしいという気持ちになったことがなく、そんな義務感を理由に子供を産んだり育てたりするのは人でなしではないかと考えたり、そんな人間が一人の子供を教育するなどという恐ろしい責任を負っていいはずがないと思ったり、とにかく理屈や可能性ばかり検討して子供の存在を実感することはできなかったのだが、離婚したし、年齢も重ねたし、ほんとうに「ない」のだろう。この先「ない」ほうの生活が続いていくんだと、今までになく実感した。ここには富士男さんもいて、わたしにはもう経験できない「おじいちゃん、自分、子供」という団らん風景みたいになっているから、そう思ったのかもしれない。

しかし、有子たちがごく自然に生活しているので忘れそうになることもあるが、昇太にはすでに「父」はいないのだ、とそれも妙に強く意識した。昇太は一歳のときに死んでしまった父の記憶はないようだし、有子の話では源太郎ともそれなりに〝いい状態〟らしいが、父親が「いない」ことをどんなふうに受け止めているのか、と思いながら、変わった握り方で器用に箸《はし》を使ってごはんを食べる昇太を見た。

そのうしろの、棚の上には、昇太の父の写真はなくて、有子の母の写真があった。映画に出ていたと言われてもすぐ信じそうなほど美人だった。有子のほうがもう年上になっていた。わたしもそのうち父の年を追い抜くし、昇太も父親の年を追い抜くだろう。生きていれば、そのうち。

「砂羽ちゃん、ごはんつぶたくさんありますよ」

昇太がわたしの茶碗《ちゃわん》を覗《のぞ》き込んで言った。

「あー、ごめんごめん、わたし、食べるの下手なんです」

「おとななのに」

「あのな昇太、人には人の事情があるんだよ」

「じじょうって?」

富士男さんと昇太は、わたしがいても、たぶんいつもとあまり変わりなさそうな調子で食べたりしゃべったりしていた。

そのやりとりをそばで見ていると、わたしの家にわたしの子供がいなくても、誰かの家に誰かの子供がいるからそれでいいのかもしれない、とも思った。血のつながりというものがなくても、わたしは昇太と話せるし、どこかで誰かの子供が育っていくのは、自分にとってはうれしいことには違いない。そこになにかしら自分が関係することがあれば、たとえば道端で挨拶《あいさつ》するようなことでもあれば、もっといいのだけど。

昇太がアイスを食べたいと言いだして、徒歩七分のスーパーに行くことになった。

冷房の効きすぎたスーパーの通路を張り切って歩く昇太のうしろについて行きなが

ら、富士男さんが言った。

「さっき言ってたこと、偶然とか確率とかって話、おれは有子よりは興味あるけどな」

「わたしの説明がうまくないから有子もああいう言い方になったのかもしれないです」

「昔、ハワイで中学の同級生に会ってさ。近所に住んでて何十年も会わなかったやつがなんでこんなとこにいるんだって。まあ、でもあれか、観光地だとみんな行くとこいっしょだから、かえって確率が上がるのかもな。正月休みだったし」

「なるほど、そうですね」

昇太はチョコレートの棚の前で立ち止まり、富士男さんのほうを見上げた。

「それでも、縁みたいなもんは感じるよなあ、人間は。人間だから、どうしても、意味があるんじゃねえかって気になる。でも別に、そいつとはそれっきりだったけど」

富士男さんは、昇太が好きなお菓子がわかっているのか、棚の上の方にあったおまけ付きのチョコレートを取ってかごに入れた。

「わたし、祖父が広島の出身なんですけど、一九四五年の六月ぐらいまで広島のど真ん中のホテルで働いてたらしいんですよ。爆心地のすぐ近くで。もし辞めてなかったら祖父は死んで自分は存在しなかったのか、って気になって、そういうこと考え出すと、自分が存在しなかったほうの可能性を想像してしまうんですよね。その、祖父が広島にいたっていう時点と、母が生まれた時点と、わたしが生まれた時点との間に、いくつか道が分かれて見えるっていうか、普段はあんまりそんなこと考えないのに。きっとなにかがあってもなくても同じなんでしょうけどね、たとえば今、違うスーパーに行ってたら違う人生になってるのかもしれないし」

「そうだなあ、いい男と出会えたかもなあ」

富士男さんはまじめな顔でそう言って、歩いていった。店内では有線放送のJ-POPが流しっぱなしになっていた。今では自分は、はやりの歌を紹介する番組、に限らずニュース以外にはリアルタイムで放送中の地上波の番組を見ることもほとんどないので、すでに名前も顔もわからなくなった歌手たちの知らない歌が流れていた。出会えたことが奇跡、今まで悲しませてごめん、こんな時代に生まれてきたけど、そばにいるよ、日常（または親）に感謝、きみはそのままでいいんだよ、の組み合わせでできているそれらの歌を、聞いている人たちはどうやって区別しているんだろうと思いながら、ドレッシングやレトルト食品の新商品を眺めて歩いた。

ようやくアイスのコーナーに辿り着き、昇太はショーケースをよじ登るようにして覗き込んだ。

「イチゴも青いのも両方買っていい？」

「おう、なんでも言ってみろ。全種類買ってやろうか」

「冷蔵庫に入りませんよー」

「冷凍庫、だよ、下のとこは」

　わたしは先に外へ出て、入り口の前に並べられた特売の果物を眺め、その中に早生《わせ》の桃があるのを見つけて、季節が変わり始めていることに驚いた。

　バス通り沿いの歩道の柵《さく》には、まだ花のついていないジャスミンの蔓《つる》が絡《から》まって生け垣のようになっていた。ジャスミンの白い花が咲くことを知っているのは、わたしが前にもこの道を歩いたことがあるからで、季節が繰り返すからだ。やっと日の暮れた道路に目をやると、次々現れるヘッドライトがまぶしかった。昇太は上機嫌でアニメの主題歌を大声で歌っていて、正義とか勇気とか希望とか繰り返していた。

　信号が変わるのを待っているときに、富士男さんが聞いた。

「おじいちゃんが広島にいたのが気になって戦争のビデオ見てるわけ？」

「いえ、それだけじゃないです。たぶん。あれはその前から。小学生のときから見てました」

中学生のころに、父親と食事をしながら見ていたテレビを思い出す。なんの番組か忘れたが、西部戦線のパラシュート降下部隊が映っていた。いくつもいくつも開いたパラシュートは、海に浮かぶクラゲに似ていた。父が、装備が悪くてたくさん死んでかわいそうだった、と言ったので、わたしは、でも生きて降りたら誰かを殺すんじゃないの、と聞いたら、父は驚いて、それからかなしそうな顔で黙ってしまった。わたしが言ったことに呆《あき》れたのだろうと思った。自分の娘は、いいほうとわるいほうの区別がつかないのか、と。それはかなしいかもしれない。誰も彼も人殺し扱いして。今でも思う。わたしは、区別がつかないんじゃないのか。自分にとって身近な人、大切な人も、テレビの中で死んでいく何十年前の他人も。それ以前に、人間と、それ以外と。

「テレビっつーか、映像っつーか、あんなの全部がほんとなわけないし、見てるからって真実みたいなもんがわかるなんて思わねえけど」

「一応知ってます。それはおそらく、中学生のときですね。あのー、昭和が終わったときにテレビがみんな自粛で何日かＣＭなしでニュースかクラシックか環境映像みたいのばっかり流れてたじゃないですか」

「おれはもともとテレビ見ないほうだし、そのころは有子の母親が入院してたから仕事場と病院行ったり来たりで、そんな暇なかった」

「すみません、いや、その、ほんとどうしようもない暇な中学生だったんですけど、ずっとテレビばっかり見てたから余計に、突然テレビが、全チャンネルそうなっちゃったことが衝撃で。今までテレビで見てきたものはなんだったのか、ぐらいの衝撃。その何か月か前までは大騒ぎもしていなかったし、実際の身の回りの生活はどこも変わってないのに、テレビの向こうの世界は裏返しになったみたいに別のものになっちゃうし、それに合わせるように急に行事が中止になったりしたのが受け止められなくて、わたしが世の中と思ってたものは、誰かが暗黙の了解みたいなもんでそういうことにしてるもの、っていうか、なんて言ったらいいんでしょうね、直《じか》の世界にガラスを何枚も何枚も重ねてその上を歩いてるのに、地面が直接見えてるつもりで油断してたんだな、って思ったんですよね」

　一九八九年一月七日からの数日の間に、わたしは周りの世界が張りぼてみたいに見えるようになった。映画のセットみたいに、朝起きたら取り壊されて全部なくなっているかもしれないものが、とりあえず今は目の前にあるのだと思った。一つのできごとですべてが変わったというのは、あとから説明しやすくしたにすぎず、正確にはそれがきっかけで意識したということで、そのもっと前から少しずつ、そう感じるようになっていたのだと思う。小学校の国語の授業で読んだ詩の中に「千年」という言葉があって、そのときには確実に自分はいないと、同時に、そのときもまだ生きていたら恐ろしいと気づいた瞬間、もしくはいつもと違って飛行機の音が大きく近づいてくると核爆弾でなにもかも蒸発してしまうと思った瞬間、そういうのが積み重なっていたのかもしれない。いや、実はそんなあれやこれやも関係なくて、自分が見ているものや感じていることを揺るぎなくまとまった世界としてとらえる能力がもともと低いのかと思うこともあるし、一方で写真や絵を見ていてそこにあるのは全部光の反射にすぎないとか、写真は結局なにも撮れないのかもとか、大人になってから思ったのを、もっと前からだと都合よく解釈しているだけだと思うこともある。

それから、一九九五年一月十七日の早朝のことも思い出す。眠っていたから、巨大な手が家を揺さぶっていると思った。電気もガスも停止した暗い中で、しかしなにも壊れていないのが不思議だった。ようやく探し出したラジオでは、高松では落ちてきた物で一人が怪我《けが》、というようなことしか伝えていなくて、つまり、なにも情報が入らない状況だった。とにかく寒くて、停電して街中がとても静かで、外へ出たらコンビニと公衆電話の前に人が並んでいて、ときどき誰かがぼそぼそと話すだけだった。寒いから、家で布団《ふとん》にもぐっていたら、遠くから地鳴りが響いてきて、また揺れがやってきて音といっしょに去っていった。昼すぎに電気が通って、テレビがついて、倒壊した高速道路を見て何が起こっているか知った瞬間に、混乱から引きはがされ、ただの傍観者になった。あの数時間の感触。できるだけそのときのまま、あとからの言葉で説明しないで、覚えておいたほうがいいのだと思っている。

富士男さんは、ふんふん、と頷いていたが、同意しているという感じではなかった。

わたしは話し続けた。

「写真や映像がそのまま〝真実〟だとは思ってないですけど、小さい覗き窓ではあるし、なんとかして見たい、って思うんですよね。自分じゃない誰かが見たこと、ここからは離れてるけど、この世界のどこかで、あったこと」

ほんの僅《わず》かな断片しか伝わらないと知っていながら、それでもなんとかして見てほしいと思っていた人がいる。

わたしが今まで見てきた、すべての映像に、撮影した人も放送した人もいる。わたしはきっと、彼らの目を通して、現実の世界を見ている。画像だけじゃなくて、小説や映画でも、誰かが見た世界を通じて、この世界のことを見る。

富士男さんの横顔を見ながら、聞いてもらえると話せるんだけど、と思う。しかし、聞いてもらえると、話せると思って調子に乗ってしゃべりすぎる。しかもそれはたいていの場合、熱心に話し合ってくれる人ではなく、わたしが少々妙なことを言ってもほっといてくれそうな人、という意味だ。つまり、わたしは自分の言いたいことを言っているだけ。

富士男さんは缶ビールの入った袋をぶらぶら揺らしていた。

「まだ昇太が生まれる前に、何回かうちに来た有子の友だちの派手なカッコの女の子がさ、死体の写真集いろいろ持ってて、今度そのカメラマンに会いに行くって意気揚々と話しててさ。変わったことがしたいのかなって気もしたけど。それか単に刺激を求めてるのか」

有子に、家に来るような女友だちがほかにもいるのか、とわたしは本題ではないところに感心した。ようやく信号が青になった。昇太はスキップになりきらない変則的なリズムで跳ねていて、うまくなったでしょ、と聞くので、もうちょっとかな、と答えた。

「その子がなんで興味があったかは、聞いてみたいです。人があんまり見ないものを見てるって思いたい気持ちは自覚してます。だからインターネットで検索はしないようにしてるんですよ。すごい映像がいくらでも見つかると思うけど、一回やっちゃうと止まらないんじゃないかって怖くて」

通りに面して並ぶマンションには、多くの人がいるはずなのに、人の姿も見えなかったし声も聞こえなかった。

「自分は世界のことをちゃんと考えてるって、思いたいだけかも。身近な人に何もできないことの穴埋めにしたいのかな」

「どっちだっていいよ。もっともらしい理由ぐだぐだ並べてんのっておもしろくないんだよな。人の話聞けってよく怒られるけどさ、つまんない話は聞けねえよ。もうちょっとおもしろい理由考えて」

「ですね、すいません」

とわたしがつい謝ると、富士男さんは何か言いかけたが、横断歩道を渡った先を歩いていた人から声が飛んできた。

「あれー、孫甘やかしてんの？　娘さん、感じ変わったね」

半パンに下駄《げた》をつっかけた、背の高い男だった。富士男さんと同じくらいの年に見えた。

「いやいや、有子の友だち。子守してもらってる」

男は、上半身を傾けてわたしを凝視した。

「そう、いやー、フジちゃんの愛人かと思ったよ、実は。にしても、タイプ違うから、幅広いなって感心するとこだった」

「じいちゃん、アイジンって？」

昇太が見上げて聞いた。

「保育園行って言うなよ」

「わたしは違うよ」

「じいちゃんは、むちむちの人が好きなんだよ」

にゃははー、と昇太は笑った。夜の住宅街はすっかり静かになっていた。


有子の家に戻ってアイスを食べ、昇太の絵本の付録についていた電車の紙模型を組み立てて遊び、それから富士男さんが昇太を風呂《ふろ》に入れるというので、わたしは帰ることにした。

バスを降りて、薄いオレンジ色の光を放つ街灯に照らされた短い商店街を抜け、細い路地を右左右右左左と曲がる。マンションの手前の鉤《かぎ》の手になった道で、黒猫が道を横切った。そういえば夜の九時過ぎにここを通るとときどき会う。暗くてよく見えないが鈴の音がするので、近くの家で飼われているのだろう。そんなことを気にする余裕が自分にも出てきたのかもと思いながら左に曲がると、あの自動販売機で、とても小さい老女がなにかを買い、駐車場の向こうの家に入っていった。わたしは自動販売機の前に立った。百円均一で複数のメーカーの商品が入っているタイプだ。百円玉を投入し、初めてそこでお茶を買ってみた。振り返ると、二階のうちのベランダの隣、203号室では、2LDKの全部の窓に黄色い明かりがつき、開いた窓からピアノの音が聞こえてきた。「楽器禁止」と契約時に念押しされたことを思い出しつつ、チラシしか入っていないポストを確認し、階段を上がって正面にある自分の部屋についた。

玄関で脱いだ靴を片付けようとしていると、ドアの向こうから、きゃー、というような声が聞こえたので、思わずドアのスコープを覗いた。

階段の手前で、女が男の首に抱きついてキスをしていた。顔はよく見えなかったが、女のほうは部屋着というかキャミソールにショートパンツ、男のほうはジャケットを着てずっと年上に見えた。しばらく抱き合って、手をつないで階段を下りていった。隣の住人の姿を、わたしは初めて見た。

隣の部屋からはまだピアノの音が聞こえ、不動産屋に聞いた「弟」が部屋にいるのだろうか、と気になりつつ、テレビをつけるとわざとらしい笑い声と効果音が響き、そのかすかなピアノの音は聞こえなくなった。見たいと思う番組がなく、わたしはチャンネルを変え続けた。

15

次の日の夕方、有子から電話がかかってきた。バーの外で話しているらしく、車が通る音が聞こえた。

「昇太がまた来てほしいって言ってたよ。それでねえ、わたし源太郎とお店やるんだけど、砂羽も働く？」

いつもの「意味がわからない」の台詞《せりふ》を返せばいいのでは、と思いついたがタイミングを逃した。スポンサーがついて源太郎がイタリアンのお店を出せそうだ、自分も前から店をやりたかった、今年中にはオープンするのでいっしょに働かないか、最初はバイトでも、と有子は言い、わたしはひたすら、そう、そうなの、と相づちを打った。

「場所も来月には詰められそうなんだよね。また詳しく話すけど、今の気持ち的にはどう？」

「考えてみる」

「いいことだと思うんだよね」

と有子は言った。いいこと。そうなのかもしれない。
そろそろわたしも新しい生活を始めなければならない。

葛井夏は、水曜日と、日曜の午後が休日で、水曜日の昼に大学時代の友人であるななみと、京橋駅から五分ほど歩いた先にできたばかりのオーガニックや自家菜園野菜が売りものの店でランチを食べた。ななみは家電量販店に就職したので平日が休日同士だからこのところよく会うのだが、話すことは三割が職場の愚痴、三割が出会いがないという話、残りが近況や友人の噂《うわさ》やほしい電化製品など身の回りのことで、特別話し込むようなことはなかったし、夏は、彼氏がほしいとは全然思っていないのに出会いがないとか誰がかっこいいとか話を合わせる自分を口先だけだと感じてもいたが、笑ったり文句を言ったりするのは楽しく、貴重な時間ではあった。野菜と豆でできたメニューはそれなりにおいしかったが満腹感を得られず、肉が食いたい、やっぱり肉にすればよかった、と言い合いながら、夏はなんとなく中井がいそうな気がして周りの人の顔を見ながら京橋駅まで歩いてきた。今は約束しないと友だちに会えないけど、学校に行っていたころはそこに行けばとりあえず誰かいて、話したり話さなかったりした。大阪城近辺に行けば中井がいるというのは、ちょっとそれに似てる。今住んでいるマンションは近所づきあいがないが、前の家の周囲は朝いつも会うおばちゃんや家の前に椅子《いす》を出して昼間じゅう座ってるおじいちゃんがいたなあ、などと考えていたら、駅前の広場で、常套句《じょうとうく》ばかりの下手な自作曲を歌うギター弾きに話しかけていた中井を見つけた。

肉を食べに行きませんか？　夏は提案してみたが、中井は肉を食べに行くほどの金は持っていなかったし、天気がよかったので大阪城まで歩くことにして途中でマクドナルドに寄ってダブルクォーターパウンダー・チーズを買い、大阪城公園の梅林で食べた。枝の伸びた梅の木には黄緑色の葉が茂り、全体にまぶしかった。中井のバイトからの脱走話や、すぐそばの極楽橋からブラックバスを釣ろうとしていたら中国人の団体ツアー客に囲まれ、いちばん体格のいい男からそんな大きな魚がこんなところにいるわけがないと言われたが直後に新記録達成かというくらい大物が釣れ、ちょうど通りかかった小学生男子に手伝ってもらって引き上げるとその中国人の男に非常に驚かれ写真をたくさん撮られた話などに、ななみは笑って止まらなくなり、中井は気をよくしてロンドンでの虫歯話もしたが、そのころにはななみも慣れてしまって、へえーで済まされた。そして、いくら野菜中心だったとは言えランチを食べた後にダブルクォーターパウンダー・チーズとコーラMサイズは厳しくて、夏とななみは気持ち悪くなり普通のダブルチーズバーガーぐらいにしておけばよかったと後悔した。

そのあと、ななみが作ろうとしている刺繍糸《ししゅういと》アニメーションの構想を聞いた。それから夏となななみは移動するとのことで、歩きながら中井は話した。

京橋の駅の近くに慰霊碑かお地蔵さんみたいなんあるから写真撮っといてって友だちに言われてんけど、見たことある？　空襲が八月十四日にあって、その慰霊碑なんやて。八月十四日って？　戦争が終わる前の日ですか？　えー、そんな日に空襲に遭《お》うたらほんまに災難ですねえ。あと一日、どっかに逃げといたらよかったのに。そやんなあ、その人ら、明日終わるなんて知らんかったんやろなあ、やっぱり。でも、知ってても逃げられへんかったんかな。それに、一日前でも、もっと前でも、やっぱり空襲は空襲やし。

そやけどここらへん、お城だけで人おらんのに爆弾落としても意味なくないですか。いや、なんかいろいろあったんやて、ここら一帯、森ノ宮のほうまで、でっかい軍需工場とか陸軍なんちゃらとか、だから戦争が終わる前に徹底的に壊しとこうっていうことらしいわ。へー、テレビでは見たことありますけど、ほら、火垂《ほた》るの墓とか毎年夏になったらやってるし、でも直接話聞いたこともないし、なんか信じられないですよねー。そやな、二十四歳とかやったらおじいちゃんでも覚えてはらへん年やろうし、え、ななみさんのお父さん四十五歳？　おれそっちのほうが年近いやん。あと、機銃掃射の跡もあんねんて、あの橋の上らへんかなー。これから探しに行くねんけど。キジュウソウシャってなんですか？　飛行機から撃ってくるやつやって。その弾の当たったとこがまだ残ってるらしいわ。

それ、見つかったら教えてください。キジュウなんとかの跡。夏が言った。そんなん、ほんもののあるんやったらすごいやないですか。

ああ、また今度。っていうか、おれもほんまはよう知らんねんけど。クズイといっしょに写真教室行ってた平尾さんていう、あ、そやそや、あのとき家に行ったときもいっしょにおったんやけど、なんや妙なことに詳しくて。機銃掃射はP－51って戦闘機やとか。

変わってはりますねえ。うちの兄といっしょぐらいの年ですか？

いやいや、おれの二コ下。三十六か。今は東京に住んでんねん。ほんで、写真撮っといてって頼まれて。

へー。

夏が想像した三十六歳は随分と遠く、一度遊びに行ったことがあるだけの東京もテレビドラマの舞台ぐらいにしか感じられなかった。そんなところに暮らす人が、距離を隔てても興味を持つ弾痕《だんこん》はよっぽど目立つようなものなのだろうか、それにしては今まで見たことも聞いたこともないな、とも思った。それにしては、
歩きながらしゃべっていたが、中井はふと立ち止まって、本丸のほうを見上げた。

なに見てるんですか？

いや、こないだな、ここら辺におったカップルがな、石垣のうえから飛び込んだことあるって自慢して来てんけど、無理っぽいよなー、と思って。

三人が見上げた石垣は、何百年も前の人が作ったとは信じられないほど高く、完璧《かんぺき》な曲線を描いてそびえていた。巨大な石には蔦《つた》が張りついていた。その上の楠《くすのき》が茂っているあたりに人影が二つ、小さく見えたが、飛び込む様子はなかった。

そのあと、夏は、ななみと梅田へ出て、喫茶店でアルバイトしている綾乃《あやの》も加わって、洋服を見たり家電量販店でななみにデジタルカメラの新商品のおすすめを教えてもらったりしたあとでうどんを食べに行き、綾乃がデザインの勉強をするためにロンドンの学校へ行きたいのだがお金がかかるのでどうしようかと相談した。

それやったらさっきの人ロンドンに住んでた言うてたやん、でも怪しいか、ロンドンでそんなちゃんと生活してた感じせえへんもんな、デザイン学校のこととかやったら参考にならへんか、でもとりあえず楽しいとこみたいやったで、ロンドン、良さそ

うやんな、ロンドンロンドン、と適当なことを言い合った。ななみは家が遠いこともあって先に帰り、夏は久しぶりに会った綾乃とその日二度目のマクドナルドへ入り、今度はカフェラテだけを頼んで席に着いたら、綾乃に誰かから電話がかかってきて込み入った話なのか外へ出ていった。なかなか帰って来ないので、夏はなんとなく店内を見回し、化粧は濃いが女子中学生らしきグループに塾の生徒を見つけてしまったらいややなーと思い、片付ける店員を大変そうと思いながら眺めていた。

せせこましく詰め込まれた店内のぎりぎりに隣り合った席では、自分と同年代の就職活動中らしきスーツを着た女の子が雑誌を広げたまま携帯電話を熱心に操作していた。テーブルからずり落ちそうになっている雑誌のページを、夏はなんとなく目で追った。「こんな経験ありませんか?」という見出しのついた記事をそのページの終わりまで読んだ。

やっと綾乃が戻ってきた。

そして夏の顔を見て聞いた。

「どしたん? なんかあった?」

「ううん、なんもない」

「びっくりした、泣いてんのかと思った」

「うん。なんていうか、しっかりせなあかんなと思って」

「なに？　クズイちゃんてわたしらの中でもいちばんしっかりしてるやん。塾長やろ」

「塾長とちゃうって、何回も言うてるやん。そんな、スパルタのおっさんみたいな呼び方せんといてよ」

　隣のテーブルで開かれていたページは、配偶者や恋人からの暴力について啓発する内容だった。「ものを壊される」「なにを言っても無視される」という文字を見たとき、一年前までつきあっていた三つ年上の相手がコップや本を壁に向かって投げつけた姿、ドライブの途中に立ち寄ったファミレスで彼がまったく口を利《き》かなくなり一人で車に乗って帰ってしまって自分は最寄り駅まで二キロも歩いたときの知らない郊外の道、などが脳裏に蘇《よみがえ》った。彼は、知り合うきっかけになった共通の友人たちにも、勤める会社の同僚にも評判がいいうえに、実際、業績のいい会社の中でも上司から信頼されているらしく、つきあい始めたときは友人たちから羨《うらや》ましがられたし、夏も楽しかった。半年ほど経《た》ったころから、夏の就職先について将来性がないとか、もっときちんとした服を着たほうがいいとか少々しつこく言うことがあり、でもわたしは……と夏が自分の考えを説明しようとすると、途端に機嫌が悪くなった。そのことを、共通の知人にそれとなく言っても、誰だって機嫌悪くなることあるよ、先輩はまじめだから一生懸命になりすぎるんちゃう、夏も就職したばっかりで余裕なくなってるのかもよ、となだめられた。夏の母は、彼が家に遊びに来たときに、今どきあんないい会社に勤めてて話もちゃんとできてやさしい人なんていない、あんたのお父さんとはえらい違い、と絶賛していたので、心配をかけるようなことは言えなかった。周囲の評判のよさと、怒っているときのその人の態度は、「裏表」ではなかった。彼は、自分が正しいと信じることに基づいて振る舞い、努力して自分の状況を作り上げてきた自信があり、その正しさに当てはまらない夏の言動が理解できず、もっとよくなる方法を助言しているだけなのに、と当惑しているのだった。

話が矛盾しているのはいい加減だ、反論できないのはおまえが間違っているからだ、と言われ始めたあたりから話すのが怖くなってきたのだが、好きだったからつきあったのであり、彼が言うようにいい加減なところがある自分が悪いのかもしれない、自分だって友だちや母にも正直に全部を話せないのは見栄《みえ》を張っているのかもしれないし、怒っていないときは相談にも乗ってくれるし気も遣ってくれるし、と考えようとした。しかし彼は、怒るたびに萎縮《いしゅく》していく夏の態度を見て、いっそう苛立《いらだ》ちをぶつけるようになった。友だちに告げ口したからおれの評判が悪くなった、人を納得させられないような中途半端《はんぱ》な考えなら最初からしゃべるな、と言われたのには、夏はいくらなんでもおかしいと思い、距離を置いたほうがいいんじゃないかと告げたら、彼が今までになく激高して、自分はこんなに頑張ってきたのに無駄にするのか、おれはほんとうはこんな人間じゃない、穏やかに生きていきたいのに、おまえが怒らすようなことばっかりするからこんな汚い感情を持たなくてはならない、と壁をがんがんたたきながら泣き出したときに、もう連絡を絶つしかないと決め、壁に投げられる本やグラスに目をつぶりながらひたすら謝って、これからは努力すると嘘《うそ》をついてなんとか家に帰った。翌日出勤すると「近くで待っている」とメールがきたので、母には内緒で父を呼び出して伝言を頼んだ。熊《くま》のような体格のうえに顔も無駄に強面《こわもて》な父は、でたらめな性格を生かして警察だとか弁護士だとか適当に口に出したらしく、そのあとは音沙汰《おとさた》がなくなった。

今になってみれば、なぜそのとき、自分が悪いのではないか、この人に見捨てられるような自分はだめな人間なのかもしれない、と思っていたのかわからない。言っていることがおかしい、怖い、と思いながら実はそのあとも、嘘をついて逃げたうえに、父親に脅すようなことを言わせるなんて、自分を好きになってくれた人に対してひどいことをしてしまったのではないかと、罪悪感を抱えたままでいた。

さっき雑誌で「なにを言っても無視される」「ものを壊される」の文字を見た瞬間にやっと、その気持ちが途切れた。自分は被害者だ、あの人が悪い、と訴えたいわけではなかった。ただ、少なくとも、あれが暴力と呼ばれるものの入り口なんだと、そうわかった瞬間に、泣きたくなった。楽しかったことも壁にあいた穴もいっぺんに浮かんで来ると同時に、今までに感じたことのないかなしさが体中に広がった。うわーんと子供じみた声を上げて、泣きたくなった。

「クズイちゃん」

人でごった返すＪＲの改札前まで来て、綾乃が言った。

「来月から瀬戸内国際アートなんとかってあるやん？　あれ行かへん？　うちの親戚《しんせき》が高松におるから泊めてもらえるし、ついでにうどん食べに行けるで」

「うどん……」

別のことを考えていた夏は、綾乃が言った言葉を反射的に繰り返した。

「そう、うどんうどん。彼氏に車出してもらおうと計画中」

「行きたい。でもうちの塾、夏休みちょっとしかないからなー」

「なるべく合わすし、日にち教えてよ」

「明日塾行って確認してメールするわ。行きたい、めっちゃ行きたい」

工事中であちこちが白い板で覆《おお》われた構内を、電車に乗り遅れそうな人たちが走っていた。強い照明と騒音がそこらじゅうに跳ね返って、急ぐ人たちの焦燥をかき立てていた。

16

わたしは、平日は会社に行って、土日は相変わらず近所を歩くかテレビを見るかだった。ドキュメンタリーを見ているときでなくても、今までに見た場面のことを何度も繰り返し思い出していた。

塹壕《ざんごう》の中で震えが止まらなくなった兵士、荷車の上に積み上げられた死体、海面を漂う死体、空母の甲板を滑っていくミサイル、焼夷弾《しょういだん》の中のぶよぶよした油脂、空を埋め尽くす戦闘機と落下傘《らっかさん》と爆煙。

人は、熱心だった。人を戦わせるにはどうしたらいいか考え、新しい兵器を作り出し、新しい戦法を実践し、どうにか相手を殺そうと、向こう側の人数を減らそうと、努力をし続けた。殺される恐怖から逃れるために、こちら側が何人死んでも、とにかく向こう側をより多く殺すにはどうすればいいか、必死で考えた。その結果、遠いところから見えない相手を撃てるようになり、街ごと破壊できるようになった。別の人たちは、ジャングルにも民家にも潜み、手作りの爆弾を車に仕掛け、人間に仕掛け、相手にダメージを与え続けるようになった。互いにたゆまぬ努力を続けた結果、とうとう、だれも勝者になれなくなった。終わらせることができないまま、続けるしかなくなった。

その一部は、こうして記録されてきた。誰かに見せようとして。映像の中のできごとは、何十年前もついこのあいだも、よく知る街も遠い国も、均《ひと》しい距離でわたしの目の前に現れる。

今も、終わらない戦争が続いていて、「新たな憎しみの始まり」が生み出されている。アフガニスタンでもイラクでもソマリアでもパレスチナでも、スーダンのダルフールでも、ほかのどこかでも。戦争も、戦争という形になる前の争いも、飽きもせずそこらじゅうで生まれ続けている。

今起きているできごとを、わたしはいつ知るのだろうか。また時間が経って、知らなかったと思い、ただ過去に起きたこととして見るだけなのだろうか。

ここに映っている人たちと、わたしは話すことができない。祖父や父と話せないのと同じように。好きなときにリモコンのボタンを押すだけで何度も見ることができるのに。この人たちは、わたしがこうして見ていることも知らない。

わたしは、この人たちと、話したいのだろうか。なにを知りたいのか、なんで見続けているのか。

こんなふうにわたしが見ていることを、ほんとうは、誰かと話したいけれど、それが誰なのかわからない。

17

中井は短期バイトに行った沖縄のリゾートホテルから二日目の夜中に脱走し、通りかかったサーファーの車に乗せてもらって、ビーチに辿《たど》り着いた。明け始めた薄青い光の中、長い砂浜を歩いた。すでに蒸し暑く、すぐに体中から汗が流れてきた。浜の端の岩陰に座り込み、蟹《かに》を眺めているうちに眠ってしまった。起きて近くの商業施設へ行って涼み、昼過ぎにわたしに電話をかけた。

ホテルに着いた途端に、部屋の掃除代とか食事代とか布団代《ふとんだい》の請求書を突きつけられて、駅まで迎えに来たガソリン代と駐車場代まで取られそうになって。ま、厳しい世の中ですわ。それより、朝、めちゃめちゃきれかったで、空と海が。ええわあ、沖縄。平尾さんも来たらええねん。しばらくぶらぶらして、次はどこいくんやろなあ、おれ。あとで送ったるわ、海の画像。

うん、ありがとう。

「それで、さっきメールで送られてきたのが、これ」

わたしは、バーのカウンターで並んで座っている加藤美奈に、iPhone に送られてきた写真を見せた。

「わー、ほんっとにきれいですねえ」

「沖縄なんだからきれいじゃなかったらおかしいよ」

有子は、カウンターの中で加藤美奈が注文したカンパリソーダを作りながら素っ気なく言った。わたしは今日も焼きうどんを食べていた。

「ひどすぎると思うんだけど、そんな、布団代とかガソリン代とか、完全に搾取《さくしゅ》じゃない？」

「搾取って。砂羽はモテない単語使うよね」

加藤美奈はカウンターに置いた iPhone の中のサンセット・ビーチから目を離さなかった。

「恐ろしすぎますねー」

「その人はなんだかんだ言ってどうにか生きていくと思うからさ、砂羽は、他人のことより自分の心配したほうがいいと思うけどな。女一人で生きていくって結構大変だよ」

「経験者として？」

「大変だから源ちゃん捕まえたってわけじゃないけどね。けどやっぱり、男がいたほうがそれなりに楽しいよ」

有子から受け取ったカンパリを一口飲んでから、加藤美奈は聞いた。

「彼氏さんは、どういうとこがいいんですか？」

「意外に堅実だし、あとは体かなー。今までつきあった男の中でいちばん相性いいかも」

「そこは外せませんか」

「そりゃあ大事でしょ。男って頼りになる場面そんなないんだもん。重いもの運ぶとか、セックスぐらいしか役に立たないじゃん」

加藤美奈の向こうに座っていた男たちが、有子の顔を見てにやにやと笑っていた。加藤美奈も有子の顔をじっと見ていると思ったら、

「あのー、今更ですけど、その声って本物なんですよね？」

と言った。

「嘘《うそ》の声ってどうやって出すのよ？」

「声優さんとかってすごいじゃないですか。平尾さんのお友だちって変わり種度高いですね」

「そういうわけでは……」

とわたしが言いかけるのを遮って、有子が言った。

「感じ悪いって言われない？」

「えへへ」

加藤美奈は悪びれずに笑っていて、有子はそれ以上返答せず、隣の男たちの前にナッツやチョコレートを並べた。

わたしは加藤美奈に言ってみた。

「有子の彼氏、今度お店持つらしいですよ。イタリアン」

源太郎が店を持つ話は実現に向けて進んでいるらしく、候補地を見に行ったりもしているようで、有子も源太郎もはしゃがないようにと抑えてしゃべっているところが、余計にうれしそうに見えた。

「料理人ですか？　職人はいいなあ。かっこいいじゃないですか」

加藤さんの話し方はなにを言っても本気っぽくなく聞こえるけど嘘を言っているようにも聞こえない、というようなことを思いながら、しばらくは仕事の愚痴などを言い合った。有子はどの客にも愛想よく、酒を出したり皿を取り替えたり気が回るが、音楽が途切れているのだけは気がつかないようで、わたしと、テーブル席の客に一度ずつ指摘された。

「加藤さん、いろんなとこに旅行してるって言ってたけど、ツアーに入ってないようなとこってどうやって行くんですか？」

「おっ、やる気ですか？ やる気湧《わ》いてきましたか？ どこ行きたいんですか？」

「いやまだ、全然、そこまでは……」

「なーんだ。期待持たせないでくださいよ」

「全部自分で手配してるの？」

「あー、でも最近はたいていの秘境もある程度セッティングしてもらえますよ。移動とホテルだけ組んでもらえば、平尾さんみたいな人でも全然楽勝です」

加藤さんは携帯電話を操作しはじめたが、それがわたしの質問と関係あるのかどうかはわからなかった。

「平尾さん、ほんとは行きたいところあるんじゃないですか？ こっそり教えてくださいよ。行かなくても気が変わっても、えーって言いませんから」

「ドレスデン」

思わず答えてしまったが、そんなに行きたいのかどうかわからない。燃えた場所はほかにもいくらでもある。日本が爆撃した街も。

「ドイツ？　平尾さんはアジア系かなーって思ってました」

「こないだ読んだ小説に出てきたから。カート・ヴォネガットの『スローターハウス5』っていう、いちおうSF小説で」

「いちおうとは？」

「トラルファマドール星人に連れ去られて時間移動できるようになるっていう話なんですけど、だからって別に宇宙人と戦ったりしないし、主に戦争中にドイツに行ってたときのことが書いてあって」

宇宙人に連れ去られなくても六十五年前の場所に行く方法はないのか、わたしはずっと考えていた。方法があるから、ヴォネガットさんはこの小説を書いたのだと思った。淀川の橋を渡れば大阪に帰れるように、六十五年前のそこに行くことができれば。

「戦跡巡り的なのもツアーがありますよ。わたしはそういう重い系はわざわざ行きませんけど、好きな人も多いですからねー。ドレスデンですね、ちょいちょいっと見ときますよ」

加藤美奈は順調に飲み続け、わたしはまたコンビニまで歩いて夜風に当たって、帰ってきた。

加藤さんはいつの間にか、隣にいた若い男二人と、テーブル席に移って上機嫌で話していた。一人は映画の制作会社で働いている映像作家志望、もう一人はウェブサイトのデザイナーだと言った。

映像作家志望の、ずっとビールを飲んでいる男は、たくさんしゃべった。

「映画でもドラマでも、難病ものとか戦争の悲劇みたいなのが根強く人気あるのはさ、登場人物が最後は死ぬんだってわかってるからだと思うんだよね。死なないでー、みたいな感じで客は泣くけど、途中でなにやってても、ああこいつもうすぐ死ぬのにこんなことやってて思うから、いろいろ感情が湧くんじゃん？　死なない結末もあるけど、死ぬかもって期待が、盛り上げるわけでしょ。それがなかったら、たいていのやつは見ないね」

もう一人の、ずっとジンジャーエールを飲んでいるウェブデザイナーは、肘《ひじ》をついた右手にあごを乗せ、あまり表情も変わらなかったが、たまに話した。

「歴史モノとか、実話に基づいたストーリーがウケるのもそういうことか。ネタバレしたら怒るのに、結末がわかってないとダメって、難しいよな」

「ですよねー」

加藤美奈は、楽しそうに見えた。わたしもハイボールを三杯飲んでいたから、話に参加してみた。

「でも、悲劇みたいなものが待ち受けていないと、おもしろく感じられないとしたら、もったいないと思うんです」

ビールの男がこっちを見たので、わたしはそのうしろの壁に視線をずらした。

「今、こうして、自分が見てることの全部は、その先でなにかが起こっても起こらなくても、同じじゃないですか？ 病気でも事故でも戦争でも、宇宙人かゾンビの襲来でも、先のことは誰にもわからないんだし、価値があるとかないとかじゃなくて、ものごとはただそこにあるだけだと思うんです」

しゃべりすぎたと思った。言えば言うほど自分の思っていることとは離れていく。だいたい、戦争の映像を、そこに映る大勢の人の結末を知りながら見ているのは、自分だ。なにを期待して？ なんのために？

ビールの男は、わかりきったことを説明させるな、と言いたげに、声の音量を上げた。

「そんなのは誰でも考えることもあると思うけどぉー、現実を映画にたとえるならさぁ、効果音とか特殊効果で強調するって感じじゃないの？」

「こいつら死ぬぞー、もうすぐ死ぬぞー、って雰囲気煽《あお》りますもんね。幸せだった場面回想して、音楽流して」

楽しげな加藤美奈は、また新しい酒を頼む。毎回、違う種類だ。わたしのは一見するとハイボール四杯目だが、実は全部違う種類のウイスキーだ。

「BGMつけて、意味なくスローモーションにするのもいいですよ。切ない系ロックのミュージックビデオふうになるから」

「あー、じゃ、誰かに撮影してもらえばいいんだな。そしたら、おれの生活って結構すげーじゃんって思えるわけね。なるほどねえ。へー」

ビールの男に愛想笑いを返しながら、わたしはトイレに行こうと席を立った。うしろから加藤美奈の声が聞こえた。

「わたしも見てみたいな、自分の、忘れてるような昨日の行動が、切ない系に見えるんでしょ。監督さん、撮ってくださいよ」

ところが、トイレから出てくると、加藤美奈はビールの男を睨《にら》みつけて、悪態をついていた。

「なんだよ、おまえ。ばかにしてんのかよ」

男のほうは、困惑してか薄笑いを浮かべて言った。

「なに言ってんの？　この女、頭おかしいんじゃねえ？」

「うるさいってば」

ほんの数分のあいだにどういう展開でこうなったのか、全然わからない。ビールの男は、呆《あき》れたように笑うだけだった。加藤美奈は、いっそう語気を強めた。

「笑うな。むかつく」

「むきになるほどのことでもなくない？」

ジンジャーエールの男は、壁にもたれかかって、二人を眺めて余裕のある口ぶりだった。カウンターから有子が出てきた。

「えー、なんでスパーク中？　合コンかと思ったらマジギレ？　砂羽、この子飲み過ぎじゃない？　連れて帰ったら」

「うん、ごめん。すいません」

「なんで平尾さん謝るんですか。勝手に謝らないでください」

体を硬くしている加藤美奈は、中学生みたいに幼く見えた。

「ごめんごめん。帰ろうか。なんだったら近くだからウチに来ても……」

「いいっす、ダーリンが迎えに来てくれるから」

加藤美奈は鞄《かばん》に手を突っ込んで携帯電話を探そうとしたがなかなか出てこないようだった。

「わけわかんないんだけど」

ビールの男は面倒そうに言ったが、そのあとはわたしたちを無視してジンジャーエールの男と別の話を始めた。


バーから三軒茶屋の駅まで歩くあいだ、加藤美奈は今度は泣いていた。

「ほんとにぃ、だめなんですよ、わたしは。なんでみんな、怒るのかなあ」

「みんなって？」

「みんなですよ、みんな。わたしなんか世の中の邪魔にしかなってないんですよ」

要領を得ない加藤美奈をなだめながら、さっきの男ともう少し話したかった、と思っていた。話が弾んだわけでもなく、加藤美奈が怒りだしたのもなんとなくわかるような、いい感じはしないしゃべり方だったが、もう少し、なにか話してみたかった。さっきまで存在も知らなかった人が、どんなことを考えているのか、聞きたかった。

夕方降った雨が乾ききっていなかった道路に、また細かい雨が降り始めていた。地下へ降りる駅の入り口の前で、背の高い女が手を振っているのが見えた。長い髪を一つにまとめ、細いデニムをはいた、全体にすっきりした印象の女だった。

「あ、しーちゃん。こちらは会社の大先輩です。平尾さん、すごーくいい人なの」

「こんばんは」

「こんばんは」

つられるように頭を下げつつ、わたしは「しーちゃん」をちらちら見てしまった。前に新宿の本屋にいたのと、同じ人だと思った。廈門《アモイ》の出身というのは、この人だったのか。加藤美奈は急に元気を取り戻した。

「ほんとにありがとうございました。有子さんにはごめんなさいでしたって伝えてください。じゃあ、また月曜日、仕事しましょう」

「ありがとうございます」

「しーちゃん」は、笑っていなかったが優しい顔で、まっすぐ立ったままそう言った。階段を下りていく二人を、地下から上がってくる風に吹かれながら見送った。二人は振り返らなかったので、表情は見えなかった。

迎えに来てくれる人がいるのも、迎えに行く相手がいるのも、羨《うらや》ましいと思った。

わたしは連絡通路を歩いて世田谷線の駅に出て、下高井戸行きを待った。遅い時間だが、行列ができている。線路の延びる先に目をやると、飲食店とコンビニエンスストアの看板の明かりに、また降り始めた雨の細い糸が光って見えた。
海野さんの日記は、文庫版を買ってずっと鞄に入れてある。行列のいちばん後ろに立って、ページをめくる。

七月二十九日
玉川線のホームに入ると、電車が一台待っている。「柴栗さん」というアダ名の張りきり助役さんが、声を張りあげてまっくらなホームにくりこんでくる乗客を整理している。「この電車は玉川行です。下高井戸行の方もこれに乗って下さい。警報がどうなるかわかりませんから、すこしでも先に行っておいて下さい」と、時宜に通じた注意を出している。
くらやみの中に、ぎゅうぎゅうつめられる。能率がわるい。ひどく押される。三軒茶屋で降りて、乗替えを待つ。
電車はなかなか来ず。そのうちB29の爆音が近づいて来る。「そらB公だ」と空を仰ぐが見えない。そのうちに遠ざかっていった。しばらくして、また爆音が近づく。「単発だ。味方機だよ」と誰やらが呟く。もうすっかり耳の訓練の出来ている都民たちだ。

電車はまだこない。乗客たちは待ちあぐんで皆ホームに腰を下ろし、足をレールの方へ出し腰を据えた。

夜気が冷えびえと頬のあたりへ忍びよる。太子堂の焼残った教会の塔が浮かんで見える。月がようやく東の空にのぼりはじめたらしい。夜空は大分明かるさを増した。

今日は、七月十一日。ぬるい、じっとりした湿気が服の中へ入り込んでくる。真っ白い電灯で照らされた短いホームに、二両編成の電車が入ってきた。終点なので、乗ってきた人たちが向こう側のドアから降りてしまうまで待つ。車両の中も明るい。明るい中を、乗務員が点検して歩く。やっと開いたドアから、周りの乗客の勢いに押されるように乗り込み、窓の上に並ぶ広告や天井からぶら下がる吊革《つりかわ》を見上げたとき、ふと、前に若林に住んでいたころ、クリスマス前に世田谷線に乗ったら吊革のところに赤と緑と金色の飾り付けがしてあったのを思い出した。

電車が出発し、わたしはホームのほうを見た。六十五年前の夜と違って縁に腰を下ろしている人はおらず、変わらずに白い光を浴びている駅には、もう次の乗客が並びはじめていた。

18

会社で、部長はもう親会社には戻れないらしい、という噂話《うわさばなし》を聞いた。来年になっても再来年になってもわたしは正社員にはなれないのだと思うと気が滅入《めい》った。もしかしたら契約の更新もないかもしれない。別の仕事を探したほうがいいのか、と考えながら、手はパソコンのキーボードを叩《たた》き、港の名前や荷物の種類や、会社や担当者の名前を入力し続けた。行かない場所、触ることなく誰かに渡されるもの、会わない人たちの名前。それでもその誰かが払った代金が、わたしの給料になる。ほんとうに？　もっとあちこち迂回《うかい》して、思わぬところの意外な人がわたしにお金をくれているのかもしれない。テレビでアナウンサーが伝える世界の経済や国家財政の危機と、財布に入っている金がどこでどうつながっているのか、実感している人っているんだろうか、と思いながら、自分では持つことのない桁《けた》の金額を入力していく。

有子が、源太郎の店は、荻窪《おぎくぼ》か池尻《いけじり》で決まりそうだと言っていた。有子が今までになくはりきっている様子なので、そんなに源太郎のことが好きだったのか、と思ったり、新しいことを実行しようとしているときって充実してるんだろうなと思ったりする。

池尻だったらわたしも通いやすいのに、と考えてみる。働くといっても、アルバイト程度のことだろう。しかし、このままでいても展望がないのだから、思い切って違う状況に自分を追い込んでみてはどうだろうか。まやかしの貯金があって、ある程度自由が利《き》く、今のうちに。四十歳になったらほんとうに身動きができなくなりそうだ。

資料をコピーしに立つと、加藤美奈の席がよく見えた。正社員の採用が決まった加藤さんは、熊手《くまで》を小さくしたような道具で頭を掻《か》きながら、真剣な顔で仕事をしていた。そうか、若いからか。と、今さら気づく。去年の採用試験で部長が推薦したのも契約社員の中でいちばん若い子だった。応募規定は四十歳までになっているが、それは書いてあるだけということなんだろう。そんな当たり前のことにどうして気づかなかったのか。だから高橋さんと町村さんも契約社員のままなのか。と、考えるそばから、いや、おととし坂野さんは三十八歳で社員になったし、と、今度はその考え自体が被害妄想に思えてきて、コピーの枚数を間違えた。

19

中井から電話がかかって来た。

「平尾さん、おれ、今どこにおると思う？」

「今？」

わたしは思わず玄関を振り返って、それからインターホンを見たが、なんの気配もなかった。

「東京の、ここ、なんやったかな？　赤羽？　友だちのとこに泊めてもろてるねんけど」

「なにしに？」

「なにしにて、えらい冷たいなあ。傷つくわ」

「いやいや、単純な質問で」

中井は知人の引っ越しを手伝っていっしょにトラックに乗ってきて、今朝着いたばかりで一日中片付けだと言った。せっかく沖縄まで行ったのに、バイト先を脱走した二日後には大阪に戻って相変わらずの生活を続けていたらしい。

再生していた水晶洞窟《どうくつ》を探険する番組が終わって、お笑いタレントの声が騒々しい情報番組が流れていたテレビを消し、冷房の効いた部屋をぺたぺたと歩いてベランダの窓に近づいた。空はとっくに真夏の青い色になっていた。

「ほんで、クズイが東京におるかも知らんねんて。クズイの妹に連絡あったって。どっかから強制送還されたらしい。よう知らんけど」

「そうなんや」

「なんやあ、それ。もうちょっと反応してや。結構ビッグなネタやと思うねんけど」

「あー、うん、そらよかった。ほんまに」

「ほんまに思てるぅ？　どーでもええ感じやで。リアクション薄すぎ」

「それ、よう言われる」

やはり自分のこういう部分も人づきあいがうまくいかない所以《ゆえん》であろうか、などと思ったりしつつ続きを聞いたが、クズイがどこから来てどこにいるのかは結局よくわからなかった。クズイは携帯電話なども所持していないので連絡を待つしかなく、もし何かわかったらクズイの妹が知らせてくれるとのことだった。

中井はあと四、五日東京にいるらしく、来るのはタダだったが帰りの手段を検討中だと言った。とりあえず、明日、会うことにして電話を切った。

翌日は日曜日で、布団《ふとん》カバーを洗って干して多少部屋を片付けて、とやっている間に午前中が過ぎた。中井から来たメールには二時か三時ぐらいに東京駅らへんで適当に、と書いてあったのでまだ余裕があると思って風呂場《ふろば》の掃除をはじめてしまったらつい夢中になって蓋《ふた》の隅や鏡も磨かないと気が済まなくなり、終わって部屋に戻ると午後一時近かった。服を着替えていると、また中井からメールが届いて、もう電車に乗っていることがわかった。急いで持ち物を鞄に突っ込み、玄関で靴を履こうとしたとき、インターホンが鳴った。普段と違う音で、部屋に戻ってモニターを見るとなにも映っていない。ああ、一階のオートロックから鳴らされたんじゃないのか、と気づいて、ドアスコープを覗《のぞ》くと、女が立っていた。

「はい」

「すいませーん、隣の、２０３の小森って言いますけど、あのー、お宅のベランダにうちの猫が入っちゃったんですけど」

「あ、はい」

マンションは、動物も楽器も禁止だ。ドアを開けると立っていた女は、声や前にスコープから見た印象より随分若かったが、しばらく見ているうちに自分より年上にも思えてきた。前髪をきっちり揃《そろ》えたショートボブという、自分のことをかわいいと思っている女しかやらない髪型だった。今日もタンクトップにショートパンツ。

「すいません、ベランダの柵《さく》伝いに入っちゃったみたいで。全然こっちに来ないし、捕まえていいですか？」

　女はぱぱっとサンダルを脱ぎ散らかし、躊躇《ちゅうちょ》せずにまっすぐベランダへ歩いて行った。後を追ったわたしが、カーテンを開けると、２０３号とは反対側の隅にとても変な柄の猫がうずくまっていた。全体には黒と茶色のまだら、頭の上半分はいっそう黒くてヘルメットをかぶったみたいになっている。子猫、というほどでもないがまだ小さい。

「開けていいですか？」

　と言いながら返事を待たずに、女はサッシを開けた。猫は少しも動かず鳴かず、迎えに来た飼い主を見上げていた。女は裸足《はだし》のままベランダに出て、猫を抱え上げた。

「ウラちゃん、心配したよー」

「うらちゃん、っていうんですか？」

「髪型が鉄腕アトムみたいじゃない？　でも、女の子だから」

「ああ、ウランちゃんですか」

「十日前に来たばっかりなの。触ります？」

「えーっと」

女の腕の中の猫が、頼りない声でにゃーと鳴いた。わたしが手を出さないので、女は猫を抱き直した。

「不動産屋さんに言わないでね」

「あ、はい」

「おじゃましましたあ」

うちのドアが閉まり、隣のドアが開いて閉まる音が壁伝いに響いた。


出遅れたなと思いつつ、まあ中井は今日はほかに予定もないみたいだし、と、線路のほうから踏切の警報音が聞こえてきて電車が近づいているのがわかったが、走らなかった。線路脇《わき》の道へ出ると予想通り黄色い車両が動き出したところで、それを見送って、次の電車に乗った。

運転席のうしろに立って、広い窓から先へ延びる線路を眺めていた。線路脇にはいつも、花が咲いている。季節ごとに、次々と違う花が咲く。今は、アジサイもう終わって紫や青から茶色のグラデーションに変わっていた。アジサイの前にはドクダミの白い花が咲いていて、このあとはなんだったか。すぐ近くに見える線路沿いの家やアパートは、ときどき開いた窓から部屋の中が見える。テーブルに置かれたコップやお菓子の袋、窓際《まどぎわ》に掛けられた洗濯物などを目にするたび、見たことのないその住人を知っている気分になる。

三軒茶屋駅で乗り換えた田園都市線の車両が、一度ドアが閉まったあとまた開いて、なかなか出発しないと思ったら、「人身事故が発生したため、運転を見合わせております」とアナウンスが流れた。周りの乗客たちは顔を見合わせ、一旦《いったん》ホームに降りる人もいた。東京は毎日どこかで電車が止まっている。アナウンスは、しばらくお待ちくださいと繰り返すだけだった。今までに何度か遭遇した状況から推測して、時間がかかるに違いない。車両の中には、まったく動じずに座ったままの人もいたし、大げさに不満を訴え合う男の子たちもいた。

iPhoneが振動しているのに気づいて、ホームに降りた。

「あ、平尾さん。おれ、東京駅におんねんけどさ、なんかクズイが浜松町におるらしいんやわ。こっから近いやんな、浜松町って」

「え、ほんまに？　連絡あったん？」

「いや、クズイの妹から、羽田空港行くモノレールにもうすぐ乗るらしいって。クズイは携帯持ってないねんけど、ちょっと待っといてもらってるから。平尾さん、あとどのぐらいで着く？」

「田園都市線止まってんやん。当分動かへんそうやし」

わたしは階段をのぼりはじめていた。

「とりあえず、バス乗るわ。なかちゃん、先に浜松町に行っといてよ、ここからでも浜松町のほうが近いし」

「そう？　わかった。ほな、近くに来たら電話してえや」

頭に思い浮かべた地図の上を何度か辿《たど》って、時計を見て、渋谷行きと目黒行きと迷って、渋谷行きのバスに乗った。大橋の手前で、恐れていたとおりに車の流れが悪くなり、焦《あせ》っているところに中井からまた電話があったがバスの中なので出られず、メールでやりとりした。

中井は浜松町駅のクズイの妹に言われた場所に辿り着いたが、それらしき人物は見当たらないし、大阪にいるクズイの妹にもどうにもしようがない。わたしも浜松町の駅はよく知らない。iPhoneで検索してみるが、こういうときに限って通信が遅く、なかなか画面が切り替わらない。窓の外を見上げると、首都高速の高架がのしかかるように延びていて、道路沿いの背の高いマンションやオフィスビルといっしょになって、晴れているのに全体を薄暗くしていた。

やっと表示された図面を見て、それからまたメールして、と要領を得ないまま繰り返す。待つことも焦ることも非常に苦手なので、健康に害があるのではと思うほど苛々《いらいら》してしまった。やっとバスが渋谷に到着し、山手線へと走りながら中井に電話をかけるが留守電になってしまう。ホームへ上がると、轟音《ごうおん》を立て、黄緑色のラインの車体を傾けながら入ってきた山手線に乗った。ドアが閉まると同時に、やっと中井から折り返しの着信がある。たまに車内で電話している人を見かけるが、自分にはどうしてもできない。しかも、車両は混んでいる。首にも背中にも汗が流れてくるのを感じながら、ごめん、山手線に乗ったから出られへん、とメールを送ると、しばらくして、クズイおった、と短い返信があり、それ以降は、会えた？　とか、なんやったら羽田空港まで行ってもいいよとか、メールを送ってもなにも返ってこなかった。天井からぶら下がっている発泡酒の広告を見上げて一呼吸おき、「クズイに、わたしになんか渡すもんあったって言うてたの、なんやったか聞いて」とメールを送って、iPhoneを肩にかけたトートバッグに戻した。

周りでは、早い夏休みなのか、ディズニーランドの袋を抱えた女の子たちが携帯電話で撮った写真を見せ合って嬌声《きようせい》をあげ、その横のホストみたいな髪型の男たちに迷惑顔をされていた。山手線の線路は切り通しを走り、土手の上の家やマンションが行き過ぎていった。

走って一つ前の世田谷線に乗ってたら、と山手線の中のわたしはつい考えていた。

そうしたら田園都市線も一つ早く乗れてなんとか渋谷まで出られていたかもしれない。いや、結局池尻大橋駅で止まったかも。

わたしの頭の中に、余裕を持って十二時前に鞄に荷物を詰める自分が浮かんだ。東京駅も行くのは久しぶりだから少し早く出て丸の内の洋服屋でも見ようかと思い、隣のヘルメット猫がベランダにやってくるなんて全然知らずに家を出て、ゆっくり世田谷線に乗り、人身事故の知らせなんて聞かないで渋谷に到着し、山手線に乗り換えて、東京駅でやっぱり時間があるから丸の内のほうまで歩きかけたら中井から連絡があって、再び山手線で浜松町まで戻って、少しはうろうろするかもしれないけど、モノレールの入り口にいるクズイを発見し、久しぶりーなどと驚いてみせるが、クズイのほうはたぶんたいして表情も変えず、ああ、こんなところでなにしてんの、みたいな感じで、中井もわたしもその変わらなさに笑い、大阪城に行ったときなんか渡したいって言うてたんなんやったん、と聞いたら、また今度、みたいなことを言われる。

浜松町の一つ手前の田町でドアが閉まったとき、再び中井から着信があった。わたしが出られないでいると、切れ、数秒後にメールが送られてきた。本文はなく、画像だけが添付されていた。道端で、中井とクズイが並んで立っていた。クズイは、髪が短くなり、鬚《ひげ》が濃くなり、それ以外は驚くほどなにも変わっていなかった。オレンジ色のTシャツで、やたらと大きいバックパックを肩に掛けていた。

浜松町の駅に電車が入っていくと同時に電話をかけ、ドアから一歩踏み出したところで中井が出た。

「平尾さーん、あかんわ、ほんま今さっきまでクズイおったんやけど」

「モノレール乗ったん？　わたし羽田まで行っても……」

「ちゃうちゃう、車乗ってった。沖縄行く言うてたわ」

「オキナワ……」

東京から車で沖縄、というのが結びつかず、オキナワという名前の場所が地面から剝《は》がれて雲みたいにぷかぷか浮いて流れていくところを想像した。そして、早い電車に乗れていたバージョンのわたしが、そこへ行くクズイを見送ってからどこかへ歩いて行く姿が見えた。


改札のすぐ向こうに、中井はいた。

「あのさー、さっき東京タワー見えてんけど、こっから近い？」

中井とわたしは東京タワーを目指して歩いた。増上寺へ辿り着くまでの、白灰色の道で中井にクズイのことを聞いた。六年ほど前からボルネオやニューギニアなどにたびたび行くようになって、この二年ほどはフィリピンの日本人向け安ホテルで働きながら写真を撮っていて、強制送還なんて大げさな話じゃなくビザは切れてたし金もなくなったので帰ってきたらしい。フィリピンで知り合った沖縄出身の人の親戚《しんせき》が民宿をやっていてそこで働くらしいわ、とりあえずおれの連絡先は教えといたけど忘れそうやな。車運転してた人、いかつい感じのおばちゃんやったけど、あと二人迎えに行かなあかんのにクズイが迷ってたせいでだいぶ遅れてるとかって急いではった、と、中井は言った。

「沖縄、遊びに行ったら？」

「せやな、いっしょに乗せてもろたらよかったかな」

増上寺とプリンスホテルのあいだの道は、楠《くすのき》や欅《けやき》で日陰も多かったが、今年の夏は日向《ひなた》に五分立っているだけで倒れそうな暑さだったし、アスファルトと途切れずに走る車から発せられる熱も加わって、熱風がまきあがってきた。柵越しに、増上寺側の敷地の中に赤い帽子をかぶった地蔵と赤い風車がびっしり並んでいるのが見えた。

「そや、クズイ、渡したいもんってなんやったか言うてた？」

「あー、全然覚えてなかった。平尾さんのこと自体、なんか三人ぐらいと混ざってるみたいで、学校の先生してた人？　とか、金髪の子？　とか。あいつ若いのにぼけ過ぎやな」

「そうか」

「そやねんけど！　実は、おれ、ええもん持って来てんねん」

中井はリュックサックから、黄色いナイロンの袋を取り出して、わたしに差し出した。

「クズイの妹から預かってきた」

「あ」

袋の口を開けると、縞々《しましま》の帽子、スウェットの青と黒のボーダーが見えた。取り出すと、安全ピンでメモ用紙が留められていた。

「これちゃうん？　て、クズイにも見せてみてんけどな、なんや手に持ってじーっと見て難しい顔してた。本気であほやな、あいつ。自分で『平尾さん』てメモつけといて。平尾さん、これの赤いやつばっかりかぶってたからよう覚えてるけど、なに？　クズイとお揃いにしてたん？　それかクズイからのプレゼント？」

「ちゃうちゃう、確か、クズイの前つきあってた女の子が持ってたとかなんとか言うてて……」

高速道路の高架の近くにあった、洋服屋の重い木のドア。狭い店の真ん中の台の上。

あの場所。わたしのかぶっていた赤と黒の縞々、健吾の部屋に転がっていた青と黒の縞々。どんな人なのかわからないけどクズイの好きだった女の子、メモを書いたクズイの手、袋に入れて渡したクズイの妹の手。それらが全部、いっぺんに、わたしの中に現れた。もうない場所、行けない場所、会えない人、会うかもしれない、どこかにいる人。

立ち止まったまま、わたしは取り出した帽子に両手を入れて引っ張ってみた。二十年近く経《た》っているから、めりめり、とかすかな感触がして、縁の部分のゴムが伸びきってしまいそうになり、元に戻した。ほとんど使われていなかったようで、色褪《いろあ》せも汚れもなく、買ったばかりのようにきれいだった。クズイの書いたらしいメモ用紙だけが、しわしわになっていた。なんでこれをわたしに渡そうとしていたのか、名前しか書かれていないそのメモを見ても全然わからなかった。置いておくのも捨てるのもなんだか、という感じだったのかも、と思う。好きだった人の持ち物って、そういうものかも。

健吾の部屋に転がっていたのと同じ色と感触。クズイのことがなければ、この帽子のこともだんだん記憶が薄れて忘れてしまっていたかもしれない。

帽子の裏表を返してみて、それから自分の格好を見た。Tシャツ、デニムにスニーカーだから、合わないこともないが。

「今もらっても、どうしたらいいかわからんけど」

と言うと、中井が、

「かわいそうな帽子やな。十年も潜んでてやっと出てきたのに。蟬《せみ》みたいなもんやな」

と笑ったので、わたしは申し訳なく思った。

「クズイの妹が、平尾さんていう人、兄ちゃんの彼女やったんですかねえ、って期待して聞くから、ちゃうと思うけど、まあ、男女のことはなにがあるかわからんからな、って言うといた」

「期待に応《こた》えられへんかったな」

「妹のほうは平尾さんのことも、なんとなく覚えてるみたいやったで。クズイとは記憶力がちゃうな。まじめに働いてはるしな」

「京橋かあ。前行ったん、いつやったやろ」

京橋のJRと京阪のあいだの広場を歩く女の子を、思い浮かべる。でも、その風景は何年も前の場所で、きっと新しい店や建物ができている今がどんなふうなのか、わたしにはわからないし、クズイに似た女の子というのも想像がつかない。だけど、今のわたしには見えないその光景があの場所にある。今の京橋を、今二十四歳のクズイの妹が歩いている。そう思うと、何度も通ったあの場所は自分から遠いような気もしたし、そこがちゃんと存在しているという確かさが強まって感じられもした。そしてクズイの妹が、その場所で、これから彼女の生活を送っていくということも、確かなことに思えた。

「今度、大阪帰ってきたら、会うたらええねん」

中井の首には汗が流れていた。

「そうやな。お礼せなあかん」

わたしは、彼女から手渡された帽子を握りしめ、近づいてきた赤いタワーを見上げた。

東京タワーは意外なほど盛況で、展望台に上がるエレベーターの前には長い行列ができていた。並ぶのは嫌いだが、中井がいるので退屈しないだろうと思い、いちばん上まで登れるチケットを買った。

行列に並んでいるあいだ、わたしは、今ごろは車に乗って西に向かって走っているクズイのことを考えた。今年の春に中井に行方不明かもしれないと聞くまで、クズイのことはほとんど思い出さなかったし、会いたいと思ったこともなかった。もう会うことがないかもしれないと思って、それが会えそうになったから、今会わないとほんとうにもう会うことがなさそうで、どうしても会いたいような気がしてきた。洋服屋で限定品が一つだけ残っていてそのときは迷って買わなかったのが翌日行ったら売れてしまってもう手に入らなくなった途端に後悔するのと、そんなに変わらない気持ちかもな、と鞄の中の青と黒の縞々の帽子を触りながら考える。

もしクズイに会えていたら、帽子のことと、とりあえずどこでなにしていたかは聞きたかった。きっとおもしろいことをたくさん経験しているだろうから。でもそれは、おもしろいことを言ってくれる人なら誰でもいい気もするし、どうしてもクズイに会いたかったのかどうかは、わからない。

たぶん、そういう人はたくさんいる。小学校、中学、高校、大学のそれぞれの同級生やバイト先や会社の人、友だちの友だち、関わったことのある大勢の人たちの誰とも、これで死ぬまで二度と会うこともないからさようなら、と言い合って別れたことはない。いや、一度だけある。学生時代に三か月だけアルバイトしたファストフード店で、三、四回いっしょになっただけの女の子が、わたしが辞めると報告すると突然泣き出して、だってもう二度と会われへんやん、と言った。ほんとうは、あんなふうに、毎日毎日が、二度と会わない人との別れでいっぱいだ。

大半の人とは、会わないまま死んでいく。連絡を取ることも噂《うわさ》を聞くこともなく、中には知らないうちにほんとうに死んでしまう人もいる。だとしたら、会うことがない人と、死んでしまった人と、どこか違うのか。

わたしは顔を上げ、エレベーターに並ぶ人たちを見回した。

クズイには、また会うこともあるかもしれない。祖父にも父にも入江さんにももう会うことはないが、クズイにも、もしかしたら、あのマクドナルドで同じ制服を着ていた名前も覚えていない彼女にも、どこかで会うことがあるかもしれない。

会えるかもしれない、と、わたしは思い続けることができる。会わなかった年月の分、年を取った彼らと。たぶんそれが、生きてる人と死んだ人の違うところ。

一つ目の展望台には、外を見るには隙間《すきま》を探さなければならないほど人がおり、天《てっ》辺《ぺん》近くの特別展望台に上るにも四十分待ちの表示があって、モニター画面に出ている番号を確認しても順番は当分回ってきそうになかった。一つ下の階に降りると、人がしゃがんで何かしている場所があった。近づくと床の一部がガラス張りになっていて真下が見えた。前に来たのがいつだったか忘れてしまったが、このガラスの床は見ていなかった。

小学生男子たちが足踏みしたりジャンプしたり寝転がったりするのを待って、覗いてみた。分厚い透明の板のずっと下には、道路があり木々が密集して盛り上がり車が通り人が歩いていた。あそこを歩いている小さい人たちは、自分の頭上百何メートルのところに立っている人がいるなどと感じないで歩いている、と思うと自分がほんとうになにもない空中に浮かんでいるような気分になった。

「ほんまに割れへんのかな」

しゃがみ込んで中井が言った。

「厚さ何センチぐらいあるんやろ」

「あれって家？　この辺も人住んでるんやな。あ、車ぶつかる、やばい」

「どこ？」

衝突は回避された。

いつのまにか、モニター画面の整理番号が自分のを過ぎており、慌《あわ》ててエレベーターに向かった。

いちばん上の展望台は、下のよりもかなり狭かった。いっしょにエレベーターに乗ってきた家族連れの五歳ぐらいの女の子が、帰りたい疲れただるいばか降りるつまんないばーかばーかと言い続けていた。中井は窓の近くを少しずつ移動しながら、パノラマになるようにすべての角度の写真を携帯電話で撮影していた。

まぶしいので、北方向を見る場所に立った。巨大な街が続くずっと先に、白いタワーが生えていた。もう半分まで伸びた建造物は、周囲に高い建物がないので大きさがわからず、遠近感を間違えて配置されたように思えた。間違えていなければ、あの下からほど近いところに、三月まで住んでいた部屋がある。マンションからあのタワーは見えなかったが、少し歩いて行くとちょうど道の先に、突然現れる場所があった。健吾も住んでいたころには、まだそれも見えなかった。工事が始まったニュースをテレビで見ながら、完成したら行ってみよう、なんていう話はしなかった。変なデザイン、と言ったのは覚えている。わたしが？　健吾が？

錦糸町で、住んでいたマンションから駅へ歩いて行く途中に、公園があった。四角い、硬い地面の公園で、桜の時期には屋台が出るのが楽しみだった。公園をぐるりと囲む桜はきれいで、あの時期はほんとうにすばらしい。海野さんの日記で、あの公園が空襲のあとの仮埋葬地だったことを知った。一万人以上が何年か埋められていたあの公園では、桜が咲く前に引っ越したのでわたしは見ていないが、今年も桜は咲いて屋台が出て提灯《ちょうちん》がついて大勢の人がやってきた。

一九四五年の三月の夜、空襲の炎のせいで目黒でも本が読めたと黒柳徹子が言っていたが、それがどのくらいの明るさなのか、何度想像しようとしてもできなかった。目黒は、この展望台をぐるっと移動してあの向こう。

女の子の終わらない悪態と、隣に立つカップルのあそこは行ったねあっちも行ったねという会話と、ここにいる何十人かの人たちの声が混ざり合って反響した音が、空気の塊となってわたしを取り囲んでいた。外は太陽の光と熱で発火しそうに明るく光っていてなんの音もせず、ここは涼しくて騒々しかった。

日常という言葉に当てはまるものがどこかにあったとして、それは穏やかとか退屈とか昨日と同じような生活とかいうところにあるものではなくて、破壊された街の瓦《が》礫《れき》の中で道端で倒れたまま放置されている死体を横目に歩いて行ったあの親子、ナパーム弾が降ってくる下で見上げる飛行機、ジャングルで負傷兵を運ぶ担架を持った兵士が足を滑らせて崩れ落ちる瞬間、そういうものを目撃したときに、その向こうに一瞬だけ見えそうになる世界なんじゃないかと思う。

しかし、それは、当たり前のことがなくなったときにその大切さに気がつくというような箴言《しんげん》とはまた別のことだ。いつも、自分がなんで他の人ではなくこの体の中に入っていて、今ここにいるのかと、不思議に思うというよりは、どこかでなにか間違えている気がしてしまうことのほうに関係があるのかもしれない。自分がここに存在していること自体が、夢みたいなものなんじゃないかと、感じること。

特別展望台から下の展望台へ降りるエレベーターも悪態女児といっしょになり、いやだ疲れたみんな降りろばーかばーかという呪詛《じゅそ》の唸《うな》りを聞かされながら下降した。

地上に降り、東京タワーを出てすぐ前にある木が茂ったところに近づくと、崖《がけ》になっていて祠《ほこら》と階段があった。日差しの中で茂った木々の下は薄暗く、こんなに毎日死にそうな熱波にさらされているのに、そこはひんやりと湿り気もあった。小さな滝の水の流れる音が、旺盛《おうせい》な植物たちのあいだから聞こえてきた。木々の隙間に、崖の下の公園が見え、急峻《きゅうしゅん》な段を下りるにつれ、その地面はみるみる近づき、そして視界が開けた。

小さな公園は、さっきまでいたタワーの人混みがすでに遠い場所に思えるほど、がらんとしていて、公衆トイレ横の水道のところに、若い男が一人いるきりだった。男は上半身裸で、作業着のようなものを洗っていた。よく焼けた背中で汗か水かわからない水滴が光っていた。木々に隠れて見えない水の流れの音が、よく聞こえるほど静かで、そして顔を上げると、タワーの赤い鉄骨がのしかかってきそうに伸びていた。

日陰で、中井の携帯電話に収められた、京橋の空襲の慰霊碑と大阪城公園の機銃掃射跡の画像を見せてもらった。デジカメもフィルムも買う金ないからこれで、と中井は言った。大阪城の石垣に残る弾痕《だんこん》は、野球のボールくらいの大きさだった。

日常という言葉が指すなにかがあるとしたら、あのときも、現在も、遠い場所でも、ここでも、同じ速さの時間で動き続けている街の中に、ほんのわずかのあいだだけ、触れたように感じられる、だがその次の瞬間には、もうそれがどんな感じだったか伝えられなくなってしまうような、そういう感じかたのことだと、思い始めている。

見たり忘れたり現れたり消えたりしたあとで、わたしの中に残っている数少ない確かなことは、自分が今、この世界で生きていると思うこと。わたしは生きているし、映画のセットや張りぼてみたいに思えても、今この網膜に映っているものは、そこにあって、近くまで行けば触れる。そして、しばらく見ていてもなくならなかった。

三月三日

○道又さんの話によれば、神田は須田町から両国まで焼けたという。主婦の友社の安居さんの話では、駿河台の美津濃から神田橋の方へ向け、焼けて筒抜けとなったという。

上富士前から神明町へ。浅草橋駅、上野は駅から御徒町駅へかけて左側が全部なくなり、右方は日活館を残して、丸万や翠松園やみんな焼けたという。御徒町から両国が見えるともいうし、厩橋まで何にもないともいう。仲見世の東側、松屋のところまでがなくなったともいう。……

七月二十九日

……宮益坂を電車はのぼる。「明治天皇御野立所」と書いた神社跡が左にある。この奥の社殿は形もなし、こま狗だかお狐さんかの石像が二つ、きょとんと立っている。渋谷郵便局もすっかり焼けたままになっている。一階の事務をとっていたところは、腰板からしてない。あれはコンクリかと思っていたが、木であったことがこれでわかった。

古本屋もすっかり跡片なし。あの夥しい埃の積んだ本が皆焼けたかと長歎した。新本にちょっとさわると、本のあつかい方がよくないといってえらく叱りつける本屋があったが、この本屋も跡片なし。渋谷から青山の通りを経て赤阪見附まで全くよく焼けたもの。古くからの、そして充実した町であっただけに灰燼に帰した今日、口惜しさがこみあげてくる。

わたしは、かつて誰かが生きた場所を、生きていた。

20

暑さは一日も収まらないまま、八月に入った。

出勤しようと玄関のドアを開けたら、赤いTシャツを着た学生っぽい男がすぐ前に立っていて、目が合った。黒目がちな、どちらかといえばかわいらしい顔つきの彼は、驚いたような少々怯《おび》えたような表情のまま、申し訳程度に会釈《えしゃく》し、２０３号室へ入っていった。あれが「弟」なのだろうか、と「姉」とは似ていない顔立ちや雰囲気に釈然としない感じを受けつつ、出遅れているので世田谷線の駅に向かって走った。

渋谷駅を出て、手ぬぐいを首に巻きながら明治通りを歩いていると、五十メートルほど先に加藤美奈が見えた。不自然なほど建物側に近寄って歩いているなと思ったら、どうやらなんとかして日陰から出ないようにしているらしい。有子のいるバーに行った次の月曜に会社で会った加藤美奈は、飲み過ぎちゃってすみません、と謝ってドレスデン行きのツアーを扱っている旅行会社を教えてくれたが、それ以外は特にあの日のことについて触れなかった。廈門のしーちゃんのことも言わなかったし、有子のことを聞くこともなかったし、またごはんでもというようなことも言わなかった。かと言って、よそよそしくなったとか、話題を避けているふうでもなく、ただそれまでと同じように、急に話しかけてきたり、わたしのちょっとした言動をおもしろがったりした。わたしは、相手が言わないことは聞かないし、聞かれないことは言わないので、やっぱりそれまでと同じように話した。

一度だけ、帰りに渋谷駅までいっしょに歩いたことがあって、そのとき加藤美奈は急に、

「人生って、なにがあるかわからないですよね。まさか自分がこんな状況になってるなんて、全然想像してなかったです。一年前の自分が、今の自分を知ったらびっくりするんじゃないかなあ」

と言った。

「どういうところがですか？」

「うーん、とりあえず無遅刻無欠勤で会社行ってますし」

加藤美奈はにーっと笑って、続きは言わなかった。1詳細を言う、2聞いてほしいと言う、3言わない、のいずれかを選んでほしい、とわたしは再び思った。

午前中の仕事が終わらなかったので昼休みも席に残って作業をしていると、課長が会議を終えてようやく戻ってきて電話をかけたり書類の整理をしたりし始めた。周りがしんと静かな分、そうだそうだ、違うか、などの独り言もボールペンのうしろをかちかちノックする音もいちいち聞こえてきて、そのせいかなんとなく緊張してきてしまう。課長と二人だけの状況って珍しいな、と思っているうちに、ふと仕事のことを話してみたらどうだろうか、という考えが浮かんできた。契約は来年も更新できそうなのか、わたしが社員になれる可能性はもうないのか、暗黙の年齢制限はあるのか、もし辞めるとしたらいつまでに言ったほうがいいのか……。いや、そんなこと課長に聞いても仕方がないし、言ったらさらに心証というやつが悪くなる恐れもあるし、事態をややこしくするだけではないか。だが、いつもこうして先回りして悪い可能性ばかり考えて結局黙ったままであとから悔やむことが多いのだから、もう結構な年齢なのだしこの会社でもそれなりに働いてきたのだし、言ってもいいのではないか。今このタイミングで珍しく課長だけがいるというのは、そのために与えられたチャンスでは、というようなことが次々と頭の中を行き交い、落ち着かず、マウスを握る手が震え、背中に冷や汗が滲《にじ》んできた。ほら、早くしないともう昼休みは終わるし。

わたしは立ち上がって、課長のデスクの横に立った。

「あの」

課長は、デスクに積み上がっている紙を仕分けしながら、はあ、と気のない返事をした。年は二つ上なだけなのに、この人は随分老《ふ》けて見える。

「ちょっと、聞いてみるというか、まだ決めたとかではなくて、伺ってみるだけなんですが」

「はい」

「伺ってみるだけなので、他の人には言わないでほしいんですが」

「はい」

「辞めようかと、考えています」

「そうなの？　いつ？」

「いえ、だからその、まだ考えているところで……」

間違えた、とすでに気がついていた。なぜこんなことを口走ってしまったのか。いつも自分からは話しかけられないのに、たまにがんばって口に出すとおかしなことになる。

課長はようやく紙から手を離し、椅子《いす》ごとわたしのほうを向いた。

「えーっと、それ、年度末の契約終了のときじゃなくて？　もっと早くってこと？」

「もし、そうなるとしたら、今年中かなと」

「そう。まあねえ、平尾さんには、去年の試験のときややこしいことになっちゃったから悪いなとは思ってたんだけどねえ」

課長の顔だけは〝申し訳ない〟の表情になっている。

「それは、もういいんですけど」

「なにか、次があるの？」

「まだちゃんと決まったわけではないので、考えているところで」

「そうですかー。平尾さんは仕事も正確だし、周りのフォローもやってくれてたから、助かってたんだけどねえ。残念だな、それは」

課長は、組んだ手を頭の後ろに置いて椅子の背もたれに体重を預け、人のいないフロアを見渡した。

「とりあえず、ぼくのところで止めとくから。なにか、今の仕事で不満とか問題があるとかだったらなんでも相談してよ」

「あ、はい」

いくつものデスクの向こうに見えるエレベーターホールから、人が戻ってくるのが見えた。わたしは、席に戻った。

終業時刻とともに席を立ち、急いで帰ろうとしたが、追いかけるように部長がエレベーターに乗り込んできた。

「辞めるんですってね」

ドアが閉まると同時に、部長が言った。

「残念ですよ。来年は、社員に推薦しようと思ってたのに」

わからない。ほんとうにわからない。なぜ思ってもいないことをわざわざ言う必要があるのか。

「そうですか」

それだけ答えたあとは沈黙となり、数秒後やっと一階に到着すると、真っ先にエレベーターから降りた。駅に向かって歩きながらわかったことは、とりあえず、この会社にいる理由はない、ということだった。

木曜の夜に、野生のカバのドキュメンタリーを見ていると、有子から電話がかかってきた。

「源ちゃんのお店なんだけど、あの池尻の店舗、だめになったんだよね」

「えっ、そうなの。あそこすごくよかったのに、じゃあ、また探さないと……」

「逗子に移ることにしたの」

「ずし？」

頭に浮かんだ漢字は「伊豆」で、違うな、と打ち消す。ソファに座って、リモコンでテレビを切った。

「もともと源ちゃんがあのへんの出身なんだけど、社長の紹介でいい物件があるって、実は先月から何回か見に行ってたのね。最近、逗子とか鎌倉とか週末だけ住む人も多いじゃない？」

「いつ？」

「ん？」

「お店、いつからやるの」

「今のとこ十一月末オープン目指してる。だから、砂羽にバイト頼んでたのはもう無理かなって。遠いよね、逗子じゃ。ごめんね」

「うん」

「いつでも食べに来てよ。いいところだし」

有子の声は明るく、その背後で昇太が歌を歌っているのが聞こえてきた。

「それに、わたしたち、源ちゃんの実家に住むから、泊まりでもだいじょうぶだよ。すごい広いんだよね、古いけど。お店オープンのころに結婚するかもしれない」

「おめでとう」

「たぶん、だけどね。うちのお父さんは、気楽になるから仕事辞めてどっか放浪に行くとか言いだしてる。あ、昇太が話したいって」

どたどた、と音がして、昇太がやってきた。

「砂羽ちゃん、あのー、えーっと」

昇太は続きをなかなか言わなかった。なんなのよ、とうしろで有子が急《せ》かす声が聞こえた。

「あのね、ぼくね、砂羽ちゃんと、いっしょに生きていきたいです」

有子が笑い出すのが聞こえた。わたしは電話を持ったまま、なんて答えればいいのか考えたが、どれも嘘《うそ》になるからなにも言えなかった。電話の向こうでは有子のおもちゃみたいな声が続いていた。

「なんのテレビで覚えたの？　そういうのは、お金稼いでから言いな」

「どうして？」

「結婚して生活するにはお金かかるでしょ」

「けっこん？　えーっ、ぼく、けっこんなんかしないよ。なんでー？」

「よくわかってないみたいね」

わたしは、今まで自分が誰かにこんなことを言われたことがあったかどうか思い出そうとしたが、たぶんなかった。

「できれば、五歳じゃない人から言われたかったな。でもうれしいよ」

「砂羽ちゃん、新しいおうちに遊びに来てね」

「はい。また遊ぼうね」

「砂羽」

相手が、有子のはっきりした声に代わった。

「わたしに対して、むかついてる？」

「うん。それなりに」

「そう」

言葉が途切れ、自分の周りは静かなことに唐突に気づいた。テレビを消していると、この部屋はなんの音もしなかった。ベランダの窓は開けてあるのに、上や隣の部屋からも、前の道からも、向かいの家からもなにも聞こえてこなかった。今晩は風も吹いていなかった。

一呼吸してから、わたしは言った。

「むかついてるかって、聞いてくれて、ありがとう」

「期待させるようなこと言って、ごめんなさい」

「そうね。手遅れだよ」

「えっ、もう仕事辞めちゃったとか？」

「辞めてはないけど、辞めざるを得ないね。得ないね」

「えーっ、まじ？」

それからわたしは職場の文句をしばらく言い続けた。電話を持ったまま、片手でやかんに水を入れてコンロにかけて麦茶を作った。

21

土曜日。がしゃん、がしゃん、と一定のリズムで金属の音が響いてくる。湿気と熱を含んでカーテンの隙間《すきま》から流れてくる風に乗って、音は止《や》まずに部屋に入り込んできた。ベランダに出てみると、自動販売機の前に、トラックが停まっていた。ちょうどトラックの銀色のコンテナに隠れて自動販売機も人の姿も見えないが、中身の補充をしに来たのに遭遇したのは初めてだったので、ベランダの柵《さく》に肘《ひじ》をつき、しばらく眺めていた。

しょっちゅう人が立ち止まっては、硬貨を入れて、代わりに飲み物を得ていくあの自動販売機。中身は少しずつ持って行かれているのになくなることはなくて、よく見ると新しい商品に入れ替わっていることもあった。妙に人気があるし、だれも来ないのに真夜中にいつのまにか中身が増殖している箱だったらおもしろいのにと考えたりしたが、そんなばかばかしい小さな期待は、あのトラックによって打ち消された。

かちゃ、がちゃ、という音がいくつか聞こえ、それから自動販売機の扉を閉める音、トラックの荷台の扉を閉める音、運転席のドアを開けて閉める音が順に聞こえ、路地の両側の塀に隠れているところで、係の人がどう動いているかを想像することができた。

トラックが出発し、もとの場所にいつもの自動販売機だけが残っていた。

いいな、と思った。あの自動販売機は、毎日いろんな人が「飲み物をください」と買いに来て、飲み物を渡すと、口に出していわれはしないが、きっと少しは感謝をされているだろう。いいな。そういう仕事が、したい。

誰も通らない道を眺めながら、加藤美奈が、日本って自動販売機めちゃめちゃ多いなって外国から帰るたびに思うんですよね、と言っていたのを思い出す。そのときわたしも、答えた。そうそう、トルコで気づいたことは、道端に自動販売機がない、少々の雨ぐらいで傘を差す人はほとんどいない、ぴかぴかの車はほとんど走ってない、の三点ですね。

今度会ったら、加藤美奈に、その続きを話してみようかなと考える。

自動販売機のおかげで夜道が明るいのは安心するからいいんですけど、人が中に入ってたらもっといいんじゃないかと思うんです。なんていうか、自動販売機って、ロボットに人間の場が奪われるという近未来設定をすでに具現化してませんか。コスト削減はわかるけど、機械は買い物しないから、中に入った人間がお駄賃程度でももらってそのお金を使ったら経済が回るんじゃないかと、まあ、そんな考え今どき一笑にふされて終わりでしょうけど。コスト削減でそんなに儲《もう》かるんだったら他の国にもあるはずなのに日本だけっていうのは、治安がいいせいもあるけど、たぶん、日本の人は自動販売機が大好きなんですよ。だからこんなに、あらゆるところにある。一言もしゃべらないで、誰にも知られず飲み物を買いたいから。でも感謝だけはしてもらいたくて、ありがとうございましたって音声が鳴る自動販売機を作ってみたり。それなのに人とのつながりを求めてるとか言うのは矛盾してる。矛盾してるのが人間ていう話もありますけど、じゃあその矛盾を形にして、たとえば十台に一台ぐらい、暇な人が自動販売機の中に入ってるのがあってもよくないですか。銀座の道端で宝くじ売ってる一人用の箱みたいなの、あれって東京でしか見たことないんですけど、ああいうのの飲み物版。時給百円ぐらいでいいから、そこにわたしが入ります。「お茶をください」ってお客さんが言うから、そしたらわたしも「今日は暑いですね」ぐらいのことを言うタイミングがあるし、やりがいを感じられるんじゃないかな、というようなことを、この部屋からずっと自動販売機見てて思ったんですよね。

ないな。却下やな。こんなこと、人に言ったらばかだと思われる。無駄に終わった脳内会議を経て、部屋に戻り、クローゼットから引っ張り出してきた藺草《いぐさ》マットに寝転がって、天井を眺めた。

真っ白い天井には、向かいの家に停めてある自動車のフロントガラスに反射した光が映っていた。百日紅《さるすべり》の枝葉と花が薄い灰色になって投影され、細かいところまでくっきりと正確に再現されて、揺れていた。

この週末こそは出かけようという気になったのだが、あまりに暑いのでどこへ行けばいいものか思いつかず、ブロードバンドの映像サービスのビデオリストを順番に見ていると、「洋画」の「クラシック」のさらに「ドキュメンタリー」の中に戦争の映像がいくつもあることにようやく気づいた。

こんなにいいお天気の、夏らしい青空の日に、とは思ったので、とりあえず洗濯機を回しているうちに突然思い立って、近所のスーパーにカレーの材料を買いに行った。鶏《とり》の手羽元をカレー粉とヨーグルトに漬けて、冷蔵庫に入れた。タオルケットを干して、桃を剝《む》いて、テレビの前に座って、「米軍が製作したベトナム戦争のドキュメンタリー各作品の中からカラーの戦闘場面のみを集めたいいとこどりの特別版」と解説に書いてある「ベトナム戦争　これが戦場だ」というタイトルを選んだ。

ジャングルのあいだを流れる茶色く濁った川で船から機関銃を撃つ兵士の姿が、映し出された。BGMもナレーションも字幕もなく、戦闘の進行状況や位置を伝える無線の音声だけが途切れ途切れに入っていた。

ヘリコプターの開け放した扉から、ヘルメットを被《かぶ》った兵士が機関銃を撃ち続けていた。射撃の音が響き、コックピットの窓ガラスの向こう、深い緑のジャングルの中で、弾丸が炸裂《さくれつ》し、炎と煙が上がる。一、二、三四五六、七。ヘリコプターの羽根の騒音、しゅっ、と弾丸が空気を裂いていく音。しかし、遠くで炸裂する爆弾の音も、何メートルも広がる爆風の音も、こちらには届かない。

機体を傾けながら旋回し降下するヘリコプターから、終わることなく弾丸が撃ち込まれる。茶色い川の水面に水飛沫《みずしぶき》が上がる。何メートルもの水柱が瞬時に、立て続けに噴き出す。

ヘリコプターの下部に取り付けられた機関砲から放たれた砲弾は、オレンジ色の光を放ち、丸い火の玉が地上を目指して飛んでいく。水の中を進むようにゆっくりと目標へ向かう。ほんの数秒なのに、とても長く感じる。光が見えなくなると、一瞬の間隔をおいて、閃光《せんこう》と爆風が起こる。次々と、地上から噴き上がる。

その次には、魚みたいな形をした爆弾が、爆撃機の腹からいくつもいくつもばらまかれ、同じスピードで降下していった。

何百メートルも下に見える、遠く離れた地上で、水面の波紋のように、きれいな同心円を描いて爆風が一気に広がる。波打つあれが硬い地表だとは信じられない。

森を、パッチワークのように小さな田んぼの連なるところを、道を、村を、線路を、橋を、爆弾は着実に破壊していく。

爆弾も弾丸も、次々に地上を目指した。泳ぐように、なめらかに飛んでいく爆弾が、遠い地上に到達する。発射から爆発まで、その時間が延々と繰り返し、映し出されていた。

何度も何度も、別のヘリコプター、別の飛行機から撮影された映像が、繫《つな》ぎ合わされ、光の塊が空中を進む時間が、重ねられていく。また別の村、別の橋、別の道路、森、田畑が、銃撃され、爆撃され続けた。

新しい場所が現れては破壊されていくのを見ているうちに、もしかしたら、人間は、この時間のことを考えることしかできないのかもしれない、という思いが湧《わ》き上がってきた。

発射された弾丸や爆弾が空中を進んでいき、地上を爆破するまでの、そのあいだのわずかな時間。破壊は決定されているにもかかわらず、まだその破壊が訪れない、その何秒かの、しかし最後に向かっていく限りなく永遠に近く感じられるその時間。

爆弾が落ちてくることがわかっているのに、そのときにはすでに爆弾は投下されていて、誰も止めることができない。時間はあるのに取り消すことはできない。少しでも遠くへ逃げるか、なんとか物陰に隠れて、すでに決められていた破壊を見ることしかできない。

目撃した人は、考え続ける。もし、あれが発射されていなければ、もし、あの場所にいなければ、もし、戦争が起こらなければ。

起こらなかったことについて考えるのは、難しい。

それでも、思い続ける。

もう少し早く、ほんの少しでも早く、気がつくことができたら。

そうしていつかは、引き金が引かれるより一瞬でも早く、爆弾投下のスイッチが押されるよりほんのわずかな時間だけでも早く、伝えられるようになれば。撃たないで！　落とさないで！　と叫ぶことができたら、叫び声が向こう側まで聞こえたら、と願い続けている。

変えることのできない過去、取り戻すことのできない時間、絶対に行けない場所。それらを、思い続けること。繰り返し、何度も、触ることができないと知っているから、なお、そこに手を伸ばし続ける。

持ったままだった皿の上で、桃はもう茶色く変色しかかっていた。わたしは残りを口に押し込んだ。皿を洗い、玉葱《たまねぎ》を炒《いた》めてチキンカレーを作り始めた。学生のときに料理が得意な同級生に教えてもらった作り方で、以前はしょっちゅう作っていたのに、手順を忘れかかっていることに気づいて驚く。そういえば、このあいだ昇太に折り紙を折ってあげようとしたときも、ほとんど忘れていて、鶴《つる》さえも途中で迷うところがあって、絶対忘れないだろうと思っていたことも離れていればこんなに簡単に忘れてしまうのかと不安になったが、鶴も風船もまた折れるようになったように、二、三度作ればカレーもまた得意な料理に戻るはず。と、考えながらトマトを刻んだ。材料はみんな鍋《なべ》に入ってしまって、蓋《ふた》をして弱火にかけ、麦茶を入れて、テレビの前に戻った。

もうすぐ戦争が終わった日になるが、それは別の年の戦争がまだ終わっていない日でもある。

海野さんの日記には、八月十四日の時点で「万事終る」と書いてある。

八月十五日

○本日正午、いっさい決まる。恐懼の至りなり。ただ無念。

しかし私は負けたつもりはない。三千年来磨いてきた日本人は負けたりするものではない。

○今夜一同死ぬつもりなりしが、忙しくてすっかり疲れ、家族一同ゆっくりと顔見合わすいとまもなし。よって、明日は最後の団欒してから、夜に入りて死のうと思いたり。

くたくたになりて眠る。

しかし、「空襲都日記」と題して書き始められたこの日記の文庫版は、ドイツの敗戦が伝えられた翌日の五月三日分からすでに「降伏日記」となっている。そのタイトルが、いつの時点でつけられたものなのか、この中には書かれていない。科学の知識が豊富で、戦争が始まる前から原子爆弾も空襲も予見していた海野さんの、死後に出版されたこの本のタイトルは「敗戦日記」。

十月二十一日
戦災無縁墓の現状が毎日新聞にのっている。
雨に汚ごれた白木の短い墓標の林立。「無名親子の墓」「娘十四、五歳、新しき浴衣を着す」「深川区毛利町方面殉死者」などと記されている。
仮埋葬は都内六十七ヵ所。既設は谷中、青山のみ。あとは錦糸、猿江、隅田、上野等の大小公園や、寺院境内、空地などに二、三千ずつ合葬
錦糸公園　一万二千九百三十五柱
深川猿江公園　一万二千七百九十柱
を筆頭に、合計七万八千八百五十七柱（姓名判明セルモノ、八千五十三柱）。

十二月十六日には、世田谷ボロ市にでかけている。わたしも十二月になったらボロ市に行こう。五年ぶりに。海野さんは世田谷通り沿いに歩いただろうか。その頃と今とは道が違っているだろうか。

日記は十二月三十一日まで綴《つづ》られている。
○ああ昭和二十年！　凶悪な年なりき。言語道断、死中に活を拾い、生中に死に追われ、幾度か転々。或は生ける屍となり、或は又断腸の想いに男泣きに泣く。而も敗戦の実相は未だ展開し尽されしにあらず、更に来るべき年へ延びんとす。生きることの難しさよ！
さりながら、我が途は定まれり。生命ある限りは、科学技術の普及と科学小説の振興に最後の努力を払わん。

22

有子は決断も行動も早いので、早速、週末は逗子で生活することにして荷物を運んだ。わたしが引っ越したときに手伝ってもらったから今度は手伝うよ、と言ったのだが、最低限のもの持って行くだけだし、平日だし、砂羽はあんまり役に立たなそうだから、と返された。

その週の土曜日に、わたしは有子の実家を訪ねた。有子と昇太は逗子に行っているが、富士男さんが家にいるので整理した荷物の中で使うものがあったら持って帰ってほしい、と言われたのだった。

「はい。どうも」

開いたドアから姿を現したのは、わたしより十歳ほど上と思われる女だった。Tシャツにカーゴパンツという色気のない服装のはずなのに、肉体の感触が周りに伝わる感じの人だった。「むちむち」という単語が昇太の発音で思い浮かぶ。何となくその人の裸足《はだし》に目を向けると、指が長くて、紫系のグラデーションでネイルが塗ってあった。

「富士男ちゃーん、さっき言ってた人、来たよー」

奥から、どたどたと富士男さんが出てきた。

「ああ、悪いね、暑いのにわざわざ来てもらって」

「いえ、こちらこそ」

わたしはおずおずと家に入ったが、女は自己紹介などすることもなく、台所で片付けの続きをしていた。

富士男さんに連れられて二階に上がった。

「そっちの、部屋に置いてあるやつ、見てもらえる？　重かったら、おれが運ぶか、送ってもいいし。なんだったら、その棚でも運んでやるよ」

クローゼットの中にはまだ物があるようだったが、壁際《かべぎわ》に空になった木製のラックが二つ、床の真ん中にいくつかの箱が積み上げられている以外は、六畳ほどの部屋はきれいに片付けられていた。有子は元々持ち物が少なく、わたしと違って鞄《かばん》も小さいタイプなので、きっと引っ越しもあっという間だったろう。主《あるじ》のいなくなった部屋に向けてエアコンが風を吹きかけていた。

わたしは床に座って、箱を順番に覗《のぞ》いた。バーの客の美容ライターにもらったという高級化粧品と、沖縄の陶器の茶碗《ちゃわん》と大皿と、フードプロセッサーをもらうことにした。箱の脇《わき》には、昇太が描いた絵が置いてあった。クレヨンで描かれた馬と、人間が四人並ぶ上に、

「さわちゃん　たのしいです」

と書いてあった。保育園児にしてはなかなか上手《うま》い文字を眺め、それからしばらく

ぼんやりと窓の外に目を向けていた。道路を挟んで向かいのマンションのベランダでは、ゴーヤの蔓《つる》が伸び放題になっていた。

富士男さんに手伝ってもらって、段ボール箱にもらうものを詰めた。

「あのー、なんで戦争の映像見てるかって話ですけど」

「あ？　ああ」

エアキャップで陶器を梱包《こんぽう》していた富士男さんは、手を止めなかったし顔も上げなかった。

「理由は、やっぱり説明できないんですけど、ずっといろいろ見てて、いくら見ても変わらないことは」

わたしは、セロハンテープをぴーっと音を立てて引っぱった。

「なんで、こんなことやってるのか、全然わからないってことです」

富士男さんは手先が器用なようで、皿は無駄なくほとんど同じ大きさに梱包されていった。わたしは化粧品の包みにテープを貼《は》りながら続けた。

「戦争というか、争いごとが、人間がいる限りどこでも起こることだって言われたら反論できないし、戦争で得をする人がいるのも世の常なんだろうし、例えばある戦争のことを調べれば誰がどうしてこうなったみたいな理由とか経緯も頭では理解できるし、あの映像の中に映っている人たちがそれぞれ必死で戦って、守りたいものもあって、どうしようもない状況に置かれてるっていうのも、それはそうなんだろうと思います。でも、やっぱり、戦争っていうもの自体が、やらなくていいことだし、やらないほうがいいに決まってるし、仕方がないとは思えない。ほかにできることがあるのに、たいていの人がこんなことはやりたくないと思ってるのに、なんでこうなるのか、いくらドキュメンタリーを見ても本を読んでも、全然わからないんです」

そのとき思い浮かべていた映像は、戦争が終わった途端に、人々が、さっきまで自分たちを攻撃していた敵や内通者を追いかけ、蹴《け》り、金槌《かなづち》で殴り、女たちを丸刈りにして引き回す場面だった。別の場所で、同じような場面が、いくつか収録されていた。自分もこの中の誰かかもしれないと怖《おそ》れながら、その場面が出てくるたびに、戦争は終わらないのかもしれない、と思った。一つが終わっても、またどこかで始まる。

皿を段ボールに詰めた富士男さんは、わたしをじっと見て、頭を掻《か》きながら言った。

「あなたはね、自分のそういう気持ちを言いたくて、聞いてくれる人を探してるみたいだけど、誰かに話を聞きたいとは思わないの？　なんていうか、自分の考えに合うことだけを探してるようにも見えるんだよな」

富士男さんは床にあぐらで座り直した。

「おれが都合よくここで、含蓄のある話でもできたらいいけどな、あいにくちょうどいいもんはないんだよ。おれの父親は戦争に、たぶん行ってたみたいだけど、死ぬまでなんにも話さなかった。母親にも。兄貴が生まれてすぐあとに満州に行ってシベリアにいたらしいのも、親父《おやじ》が死んでから葬式に来た人に聞いた。だからとりあえず、おれはそのことについては勝手に解釈しないようにしてる」

わたしは、黙って頷《うなず》いた。父方の祖父はどこかの戦場に行っていたらしいが、わたしもその話を聞いたことは一度もない。二週間前に、池尻大橋のあたりをバスで通るときに見えて気になっていた「地図センター」に行って、広島の昔の地図を探したが母方の祖父がコックをしていたと聞いたホテルの名前は結局どの地図にも載っていなかったことを、誰かに言いたかったがまだ誰にも言っていなかった。だけどわたしは、祖父があの夏の直前まで広島にいたことが誰かの嘘《うそ》だとも間違いだとも全然思わない、と。

「親父も話そうとしなかったけど、おれのほうも、結局一回も聞こうとしなかった」

富士男さんはそこまで言うと、段ボール箱に梱包したものを詰めはじめた。わたしはしばらくその手元を見ていた。人間の手はいろんなことができてすごいな、と思う。荷物を詰められるし、人を撫《な》でることも殴ることもできるし、携帯で電話もメールもできるし、家も野菜も作るし、爆弾の発射ボタンも押せるし、とにかく、たいていのことはできる。

「じゃあ、あのー」

わたしは正座をして、呼吸を整えた。

「有子がいなくてもたまにごはんとか食べにきてもいいですか？」

一気に言うと、エアコンが効いているはずなのに、背中に汗が浮かぶのが感じられた。

「おれ？　なんでそういう話になるんだ？」

「このあいだ、おいしかったので。一人で食べるの嫌いなんですよ」

いつのまにか、廊下に女が立っていた。

「ねえ、それなら今日ごはん食べてく？　今からピザ作るの。生地から。上手いんだよ、わたし」

「あ、……今日はいいです。今度、是非」

反射的に答えてしまった。この人と富士男さんといて、自分がどういう態度でいたらいいかわからない、と思ったのだった。女は、ドアのところにしゃがみ、握った両手をあごのところに当てて、にやりとして言う。

「ほんとぉ？　わたしがいるのがいやなんじゃないの」

「違います違います。あ、来週の土曜なんてどうですか？　日曜でも」

　別に食べていってもいいのだが言ってしまったことを取り消せず、それをごまかすように変に愛想よく提案し、それも全部相手にばれているのではないかと思う。

「来週旅行なの。イタリアでワイナリーめぐり」

「じゃあ、そのあと……」

「お土産買っていってことね。知り合ったばっかりなのに」

「いえ、そのようなことは……」

　さっき単純に「はい」と答えていればよかった、と後悔した。自分の気持ちとは違う言い訳を続け、なぜこんなことにエネルギーを使っているのか、自分はつくづくばかだと思った。しかし、今日はこの家に来てよかったし、この人もここにいてよかった。

　富士男さんは送っていこうかと言ったが、ながながといっしょにいてもらうほうがかえってさびしくなるような気がしたので、昇太の絵だけをラップの芯《しん》材に巻いてもらって鞄に入れ、一人で歩いた。

　気温はいっそう上昇し、空気も道路も建物も熱を発していた。とりあえずバス停まで行ったが、このあたりでは数少ない幹線道路なのに片側一車線しかない世田谷通りは休日に出かけようとする人たちの車で混み合っており、遠くに見えるバスも全然近づいてきそうになかった。さっきから右目の上が少し痛んで頭痛の前触れがあるからこのままバスに乗っても気持ち悪くなりそうな気もしたし、途中の大きいスーパーで買い物して帰ってもいいから、たまには歩こうか、という気持ちに傾いた。待つのも渋滞もとても嫌いだから。

歩いた。暑かったが、こんなに暑い中をしっかり歩いて行くのは随分とひさしぶりだったので、汗がどんどん流れてくるのも埃《ほこり》っぽい空気にむせるのも、心地いいようにさえ感じられた。なんとか狭い日陰をなぞって進みながら、幹が見えないほど葉が密集して茂っている銀杏《いちょう》を見上げた。こちら側の歩道にも、向こう側の歩道にも等間隔で植えられている銀杏はどれも、しっかりと揺るぎない幹がまっすぐ伸び、ほとんど真上からの日差しに照らされた扇形の葉は、明るい緑と暗いところの対照が強すぎて、目が痛くなった。歩道と道路を隔てる柵《さく》にはジャスミンが勢いづいて絡《から》みつき、ところどころ白い花がついていた。道路はこれから出かける人たちでいっぱいで、皆がどこかへ向かっているのだと思うと、わたしも楽しい気持ちになった。

空は水を注いだように深い青で満ちていて、わたしのいる場所は雲の上も近くの植え込みの小さな隅までも、全部真夏だった。

　買い物をして、家に帰って夕食を作ったら、だれかにメールをしてみようか、という気持ちが湧《わ》いてきた。そうはいっても、実際メールを送るまでには、文面を何回も見直したり、三時になったら送ろう、いや四時になったら、とどうでもいい葛藤《かっとう》を繰り返して一週間くらいかかるだろうけど、それでもなにもしないよりもいいに違いない。とりあえず中井にもう一度電話をしてみようか。三週間前に電話をかけてメールを送ったが音沙汰《おとさた》なしで、中井と知り合ってから十年以上のあいだにこういう感じで一年近く音信不通になることがときどきあったが、それはだいたい中井に楽しいことがあるかそれなりにいい環境にいる時期なので、これもいいことかもしれない。

　iPhoneを取り出して、柵に絡まるジャスミンを撮影した。確かめようとしたが、光が強すぎて液晶画面はよく見えなかった。携帯電話のカメラ以外では写真はもう何年も撮っていなくて、もう撮らないような気がしているが、それでもいいと急に思った。

　歩き出そうとして、鼻の奥を通る空気が冷たく感じるのと、吐きそうなのに気がつくのと、同時だった。久しぶりに貧血かもしれないと思って、コンビニかお茶を飲めるようなところがあったら休憩しようと考えたが、このあたりにはちょうどいい店は少ないのだった。

通りの向こう側に交番が見え、ああいうところって休憩させてくれるのかな、とぼんやり思ったあたりで、目の前がざらざらした光の粒々に遮られた。慌《あわ》てて、随分前に閉まったままらしい商店のシャッターの前、自動販売機の横にもたれかかって座り込んだ。埃を被《かぶ》ったテントのおかげで、どうにか狭い日陰になっていた。

頭を低くしなければ、と立てた膝《ひざ》に額をつける。冷たい汗が、頭と背中を流れていく。目を開けて、膝のあいだから歩道を見ると、薄暗くなった視界の中を人の足がいくつか通り過ぎていった。知らない人に声を掛けられてもきっと、だいじょうぶですと返してしまうだけだから、それでかまわない。しばらくこうしていて収まれば、バスかタクシーに乗れる。

がさがさ、という音だけが妙にくっきりと大きく聞こえてきて、なんだろうと思う。車の音は逆にくぐもって鈍く反響しているだけだった。吐き気も頭痛も強くなった。どうして自分はこんなに間抜けなのか、と思う。

もたれている自動販売機でとにかくなにか買って飲みたいが、立ち上がれない。だからやっぱり自動販売機の中にわたしが入っていたらよかった。そしたら、動けない人に飲み物を渡すことができるのに。

「だいじょうぶですか」

　とうっすらと聞こえたような気がした。感謝の気持ちを示したいのに、声も出ず、体のどこも自分の意志では動かすことができず、なにも見えなくなった。

　ああ、今、道路に倒れてるなあ、コンクリートが硬い、という感覚だけがあった。

　そして、それも途切れた。

23

「聞こえますか？」

　次に気がついたときは、救急車の中にいた。頭や脇《わき》に冷たい何かが当てられていた。名前や症状を尋ねる人の声が、水の中を通すように鈍く響いた。自分の不注意のうえ、たいしたことないのに、税金も彼らの貴重な勤務時間も使わせてしまってどうしよう、と怖くなったが降ろしてくださいとも言い出せず、態度だけでも病人らしくしていようと思った。

　大学病院の救急外来に運ばれた。軽い熱中症と脳貧血だと思うが採血検査してみます、と医師が説明に来た。美人でとても若い医師は、アイドル女優が医師役に初挑戦、みたいな外見をしていたが、説明はわかりやすく丁寧で、頭も心も優れた人だと思われた。

カーテンで仕切られたベッドに寝かされ、周りは見えなかったが、広い場所の隅にいるようだ。ストレッチャーが押されていく音、電話や機械の音、職員たちの声が、移動しながら聞こえる。

カーテンの隙間《すきま》から、医師よりさらに若い男が入ってきた。どう見ても新米の看護師、いや、研修中の学生かもしれない。妙に愛想よく笑っているが、目には自信のなさと好奇心が入り交じっている。友人が胃が痛くて救急病院に行ったら研修医の格好の練習台として胃カメラを飲まされ死ぬ目にあった、と言っていたのを思い出す。看護師は、緊張しすぎてぎこちない手つきで、わたしの上腕をゴムチューブで縛り、肘《ひじ》の内側に注射針を刺した。

痛い。どちらかというと病院にはよく行くし採血の経験も多いほうだが、今まで経験したことがない、ひどい痛みだ。

「すみません」

と言いながら看護師は針を抜き、上目遣いにわたしを見て、笑顔を作ろうとする。

そして再び、針を刺した。

いてーよ。さらに、いてーよ。

「ああ……」

看護師が声を漏らし、怖いので見ないようにしていた針の先に目を向けると、針の周りの皮膚の下が青くなっている。看護師は周りを見るが、医師も先輩看護師たちも忙しくて殺気立っている。看護師は決心したように息を一つつき、もう一度、内出血しているわたしの腕に針を刺し直した。

ぎゃー、と叫びたいくらい、痛い。

「だいじょうぶ」

小さなつぶやきが聞こえる。成功したのか、自分に言いきかせているのか、わからない。とにかく看護師は、今度は針を抜かず、針を伝ってわたしの血を抜いた。脳貧血なのに、なぜ血を抜く。注射器に二センチほど暗赤色の血が溜《た》まったところで、血が足りず、ぶくぶくと泡が出てきた。看護師は上腕のゴムチューブを緩めようとして、注射器を持っているほうの手が動き、針がずれた。

ぎゃあああああ。

「だいじょうぶですか？」

「痛いです」

地獄のような採血が終わり、わたしはしばらくそこに寝かされていた。

「うわあ、うわあー、ああー、おまえらには騙《だま》されないからな！　殺せー、殺してくれー、うわあ、来たな、来やがったな」

カーテン越しの隣から老人らしい声が聞こえてくるが、周りには誰もいないし、話し方の調子からしてもその人の中で起こっていることに対して言っているようだった。

少し離れた場所から機械が緊急事態を知らせる音が響き、外からはひっきりなしに救急車のサイレンが聞こえてきた。腕の痛みは収まらず、肘から先がだるく重くなってきた。

頭の上の、カーテンの向こう側で、医師と看護師たちが相談をしている。

「……じゃあ、点滴の準備……」

「……さっきも失敗しちゃったんですけど……」

点滴かあ。どこに刺すのかなあ。反対の腕かなあ。

わたしは不安であった。しかし、彼らは、これから大勢の命を救う人なのだ。ほんとうに生きている人の、怪我《けが》や病気を治し、支障なく生活を送れるように努力し続けている人たちなのだ。長時間労働で勉強も体力も必要で、それなのに罵《のの》られたり訴訟を起こされたりすることもあるのに、ほかの仕事を選ぶ自由があるにもかかわらず、こうしてこの職業を選び、こんなお天気のいい休日に命に別状もないくせに救急車に乗ってきたわたしを、分け隔てなく診療してくれている。彼らがこれから成し遂げることにくらべれば、わたしの激痛や内出血など風の前の塵《ちり》に同じだ。そうだそうだ。あれ？　言葉の使い方間違《まちご》うてる？

申し訳ないので、保険証は持っていないと言って自費で払おう、それから救急車を呼んでくれた人を探し出してお礼をしなければ、今は個人情報がどうこうと言われるだろうか、と自己犠牲気分の脳内会議だけは盛り上がりつつ、医師が看護師に点滴の針の刺し方のコツを教えているのを聞いていた。

葛井夏は、ななみと綾乃を含めて友人の女四人、男二人で、瀬戸内海の島々で開催されていた美術のイベントに出かけた。

小さな島の中には、夏たちと同じような年齢の人たちが、どこからこんなに集まってきたのかと不思議になるほど、大勢歩き回っていた。大型の一眼レフのカメラから最新のデジタルのミラーレス、中古のフィルムカメラまで、やたらと首からぶら下げて、あっちでもこっちでもシャッターの音が鳴った。似たようなタイプの人が集まるんやな、とそれを眺めている夏の、友人たちのうちの三人も、買ったばかりのカメラをぶら下げていた。暑さのせいもあって、夏も友人たちも、Tシャツにジーンズかハーフパンツで、その中にいると学生のときとどこも変わったところはなく、そんな自分が塾の生徒たちには一応「大人」に見えていると思うと、騙しているような気もしたし、それでもやはり生徒たちとはもう違う時間を生きているんだという実感も、職場からこんな離れた場所で、急に湧《わ》いてきた。車で自由に遠出ができて、だけどあってには、何事もなく仕事に戻っている。

夜は、高松の郊外にある綾乃の親戚《しんせき》の家に泊めてもらい、蚊にあっちもこっちも刺されながら庭で花火をした。縁側、西瓜《すいか》、蚊取り線香に花火と、自分の普段の暮らしにはないが、カレンダーやテレビコマーシャルの中の「日本の夏」の小道具が全部揃《そろ》っていたので、かえって浮ついた雰囲気に思えた。花火にキャーキャー騒ぐ自分たちの声は確かに心からのものだったが、単純に楽しい気持ちと、なにか真似《まね》しているだけのような気持ちが、同時にあった。

島の会場で美術作品を見ていたとき、それを写真に収める友人たちを見ていたときも感じていたが、自分たちの世界にあるものは、誰かがすでに作って手軽に楽しめるように用意されているもので、それらに触れるとそれなりに感動したり喜んだりして、でもその感じは長続きしない。そうしてまた誰かがいいと言っているものを確かめに行くことを繰り返すだけなんだけど、でも、今のこの楽しさは嘘《うそ》でもない。夏がそんなことを考えているあいだに、ホームセンターで買い込んだ花火は全部燃え尽きた。

翌日はうどん屋巡りということで、日差しと温度と湿気で思考能力を奪われながら、二軒目に訪れた郊外の店の長い長い行列に並んで、皆、うどんのことばかり考えていた。

夏たちの前には、小学校に行くか行かないかぐらいの男の子と女の子を連れた夫婦の四人家族が並んでいた。携帯ゲーム機で遊んでいたものの飽きて騒ぎ出した子供たちに、母親が肩に掛けていた大きな袋から切り絵柄の包装紙で包まれた箱を取り出してきて、見せた。母親が包みを取ると、箱の中いっぱいのサイズ、直径二十センチ近くある栗《くり》の形をしたまんじゅうが入っていた。そして、母親は、栗まんじゅうの端をちぎって子供たちに与えた。

夏の友人たちは、それを横目に見て、

「でかっ」

「やばっ」

「どこで売ってるんやろ」

とささやき合った。夏は、前に並ぶ家族たちのほうへ一歩、二歩、近寄った。

「衝撃の大きさですね、それ」

急に声を掛けられた母親は、一瞬ぽかんとしてから、返答した。

「……ああ、そうでしょう？　驚きますよね」

「それってどこで買わはったんですか」

「高松の……、駅で売ってましたよ」

「おいしいですか？」

そのあたりで、母親の方もようやく愛想笑いを向けた。

「食べます？」

「まじですか？　すいませーん、じゃあ、一口だけ。……ありがとうございます。あ、おいしいです」

夏がもらった一かけのさらに半分を食べたななみも、

「ほんまや。わたしらもあとで買いに行こか」

と喜んだ様子だったので、母親と父親は顔を見合わせて困ったのと似た表情で笑った。

栗まんじゅうを味見し損ねた友人の一人が言った。

「クズイちゃんてそんなキャラやった？」

た。

「学習してん」

得意げな表情を浮かべつつ、夏は、今度中井に会ったらお礼を言おう、と考えていた。


夕方、もう一泊する友人たちに送ってもらい、西日に熱せられた高松駅のバスターミナルから、夏は、大阪行きの高速バスに乗った。もっと遅い時間のバスにしたかったのだが、席が空いていなかった。空調がごうごうなっているバスに乗り込むと、左側の窓際《まどぎわ》に座ることができたし、隣に乗ってきたのは母親くらいの年齢の小柄な人だったので運がいいと思った。うどんを食べ過ぎたせいか、出発してすぐに、高松との別れを惜しむ間もなく眠ってしまい、西日避《よ》けに閉めたカーテン越しに窓ガラスに頭をぶつけたが、それでも眠気のほうが勝って、二度、三度とごつんという音と痛みを感じるたびに体勢を直さなければという意志はありつつも起きられず、結局四度目にぶつけた姿勢のまま、頭蓋骨《ずがいこつ》からバスの振動を受け取りながら熟睡した。

やっと目が覚めたときには、バスはすでに大鳴門橋にさしかかっていた。カーテンを開いてみると、空の低い位置に湧き上がってきた雲に日差しは遮られ、全体に夕暮れの近い山吹色の空気に変わっていた。橋の遥《はる》か下では、潮流がぶつかり合って波頭が立っていた。円い渦にはならないが、海面は大きくうねり、紺碧《こんぺき》の水と白い泡の対照が際立っていた。そのうねりの周縁を、小さな船たちが大きく揺れながら取り巻いていた。

みんなといっしょならよかったのに、と夏は思って、バスの中を振り返ると、隣の席の女と目が合った。

「見えます？」

夏は、迷いなく聞いた。

「渦、じゃないですけど、すごいですよ。もう、どおーって、流れが。あんな大きいんですね」

女は腰を浮かせ、橋の向こうを覗《のぞ》いた。

「わあ、ほんと。怖いようやね」

確かに怖い、と夏は思った。船があんなに小さくて、もし人間が泳いで近づいたらあっという間に飲み込まれてしまう。今、バスが走っている吊《つ》り橋も人間の手に負えないくらい大きいが、あんな水の流れが大昔から毎日続いているなんて、あの下の海の底はどうなっているんだろう、と思った。

それからまた少し眠ってしまい、次に目が覚めたときには、窓の外に広がる西の空が緋色《ひいろ》に染まりはじめていた。フラミンゴみたいな色、と思って夏は体を起こして、うしろへと過ぎていく淡路島を見た。道路は高い位置を走っているらしく、川沿いに田畑の広がる谷の向こうには、海が遠くまで見えた。波のない海面には沈みかかった太陽の最後の光が反射し、黄金色に輝いてまぶしかった。海上を行き交う船が黒い影になって、相当遠いはずなのにくっきりとよく見えた。

隣の人に、と思って振り返ったが、隣の人は眠っているようだったのでさすがに起こすのはためらわれた。バスは一定のスピードで走り続け、やがて小さな山にさしかかった。南に向かって開けたその急斜面には、棚田が積み重ねられるように頂上近くまで続いていた。伸びた稲が詰まった細長く狭い棚田の一つ一つが、夕陽に照らされ、茜色《あかねいろ》に輝いていた。そのいちばん上にある棚田のところに、老人が腰掛けていた。夕陽を見ている、と、夏には一瞬でわかった。そこから何段か下った棚田のあいだを、老女が腰を曲げながら登りかけていた。おそらく夫婦だろう。登りかけながら、夕陽を見て立ち止まっていた。

その姿が、時速八十キロで走るバスの窓から、角度を変えながら、夏の目に焼き付けられるように映った。棚田と海と、その向こうに燃えながら沈んでゆく太陽。

これ以上素晴らしいことなど、人生にはないに違いない、と夏は思った。夏の遅い夕方、田んぼの手入れを終えて帰る夫婦が、何十年も連れ添った相手と、こんなにも美しい風景を眺めるこの時間。悠久とか永遠とか、自分はこれまでに感じたことがないが、そこにはきっとそういうものがあるのだと思う。これ以上の幸福なんてなくていいような、なにかが。

そしてそれは、何十年も毎日毎日、この急な斜面の田んぼに手を入れ、季節の移り変わりも温度の変動も、暑さも寒さも台風も、経験し続けてきた人だけが得ることができるものだ。わたしが感じているこの気持ちとは、比べものにならない充実が、この空調の効いたバスの中ではなく、あの蒸し暑い空気の中を一歩一歩登っていかなければ辿《たど》り着けない斜面の上にだけ、存在する。

わたしにはこれからも、たぶん、田んぼを耕したり毎日自然と対峙《たいじ》しながら誰かと共に何十年も過ごしたりすることはない。あの場所で体験できるこの世界の美しさは、わたしは得られないと思う。たとえ彼らの年齢になっても、得ることはない。

夏が、気配を感じて振り返ると、眠っていると思った隣の人が起きていて、そして呆然《ぼうぜん》とした顔で涙を流していた。海や田を照らすのと同じ太陽によって、顔じゅうをオレンジ色に光らせて、だらだらと涙を流し続けながら、黙って、夏が見ていたのと同じ場所に向かって目を開いていた。

きっとこの人の今までの何十年分の人生のできごとが、今この人をこういう状態にしている、と夏にはわかった。なにがあったかはわからないけど、うれしいこともつらいこともかなしいこともくやしいこともとてもたくさんあって、今日、この風景を見た。

わたしはこのおばちゃんみたいな気持ちも、一生経験することがない。わたしのこれからの時間に、そんなに深い感動は訪れはしない。なぜそう断定してしまうのか自分でもわからないけど、そう思って、でもそれはむなしいことともかなしいこととも感じなかった。

ずっとわからないかもしれないけど、それでも、わたしは、自分が今生きている世界のどこかに死ぬほど美しい瞬間や、長い人生の経験をかみしめて生きている人がいることを、少しでも知ることができるし、いつか、もしかしたら、そういう瞬間に辿り着くことがあるかもしれないと、思い続けることができる。なくてもいいから、絶対に、そう思い続けたい。

夏がじっと見ていることにようやく気づいた隣の人は、涙をぬぐわないまま、

「ほら、見なさい。もう消えてしまう」

と言った。

夏がもう一度見た空と海と山は、すでに鴇色《ときいろ》に変わりかけていた。山の斜面も、もう裏側を見せていた。

24

夏期講習の「盆休み天王山スペシャル」が午前中から詰め込まれている分、夜の授業はないので、夏は、午後七時前には四つの教室と事務室の点検を終え、鍵《かぎ》をビルの守衛に預け、駅に向かって歩いていた。この数日曇り空が続いて一時よりは気温が落ち着いているとはいえ、八月の大阪の夕方は、空気と埃《ほこり》がべたべたと体中に貼《は》りついてきた。日は暮れたあとだが、まだ白い雲に覆《おお》われた空はじゅうぶんに明るかった。歓楽街でもある駅周辺に近づくと、お盆といっても都心の静けさとも墓参りや灯籠《とうろう》流しなどのしみじみとした雰囲気とも違って、祭りの夜店のような猥雑《わいざつ》な賑《にぎ》わいが、いつまでも居座っていた。夏という季節のせいで家に帰れなくなった子供たちが、そこかしこで時間をもてあましていた。

突然、ううう一うー、と消防車のサイレンが大音量で鳴り響いた。すぐ先の辻《つじ》を消防車、続いて救急車が動いていくのが見えた。角まで来て、消防車の進行方向を見ると、その先にすでに赤い車体が五台は見え、ほかの自動車や歩行者を焦《あせ》らすように道をあけろと拡声器でがなりたてていた。暇な子どもが多いせいで、歩道はもちろん、車道でも小学生が自転車を走らせて火事の現場を確かめようと騒いでいた。夏は、明るい時間に帰れることが珍しく、なんとなくどこかへ寄り道したい気分でもあったので、野次馬の群れのうしろについて行った。歩き出してすぐに、何かが燃えたにおいが漂ってきた。単純に木を燃やすのとは違う、化学物質の混じった灰のにおいが、進む度に強くなった。三百メートルほど行った先を曲がったところで、消防車が道路をふさいでおり、人だかりの向こうには警官がいて規制線を張っているようだった。その向こうに、灰色の煙と、黒い煙が混じり合ってどんどんと湧《わ》き出ている。生徒か保護者に見られたら困るな、と思いつつ、せっかくなので人の少ないところを見つけて前に進んだ。携帯電話で撮影を試みている中学生男子たちのうしろに立つと、ようやくその建物が見えた。

三階建ての、古い雑居ビルの側面に、炎が見えた。どこから噴き出しているのかわからないが、妙に大きいアンテナの立つ屋上から煙がどんどん上がっていた。しかし道路に面した正面側は、一見すると変わりなく、古いタイプの化粧タイルも白いままだった。

隣の建物との隙間《すきま》に見える、三階の奥の窓の周辺だけを、橙色《だいだいいろ》の炎が覆っていた。火柱というほど勢いよく上がっているわけではないのに、大量に放水を浴びても火の勢いは衰えなかった。なにがあんなに激しく燃えるのか、夏は不思議に思った。カーテンや壁だろうか、家具や電化製品、紙や洋服、そんなに長く尽きずに燃え続けるものなのか。そのうちに二階の窓からも炎が上がりはじめた。

夏はなんとなく、一週間前に見た瀬戸内海の島々や花火やうどんや、淡路島の夕景を思い出していた。今いる場所と結びつかないせいか、ひと月も前くらいに感じる。あの夕陽、ああいうのを兄は見たのかな、と、なぜか今になって、思った。ああいうのをたくさん見過ぎて、帰ってこなくなったのかな。

兄からは帰国した一週間後に波照間島《はてるまじま》というところにいると一度だけ電話があって以来、再び音信不通になっていた。中井も、ずっと京橋でも大阪城公園でも見かけないが、そのうちにまた会える気がする。

道路を挟んで向かいのマンションを見上げると、ベランダから覗《のぞ》く人の姿がいくつもあった。煙はマンションのほうへも流れていっているのに、皆、見物に夢中だった。

野次馬が増えて苛立《いらだ》ちはじめた警官や、この暑い中で重い防火服を着て走り回る消防士や、携帯電話で誰かに実況している男や、消防車の解説を話し続ける老人などを見回していると、規制線のすぐ手前に、坂上まゆの横顔があった。

夏は、人の背中を押して舌打ちされたりしながら、彼女のところまで辿《たど》り着いた。

「坂上さん」

「あ、所長やん。なにしてんですか、こんなとこまで来て」

坂上まゆは、髪を短く切っている以外は、七月の初めに会ったときと変わりなく見えた。母親との冷戦状態が続き、夏休みに入ってから休塾扱いになっていた。何度か母親から夏に電話がかかって来たが相変わらず娘が悪いなにを考えてるかわからないと繰り返すだけだったし、まゆのほうは塾に行かなくても問題ないとしか言わなかった。

「え……、火事やな、と思って」

「大人やのに暇やなあ。仕事終わったん？」

坂上まゆは軽く笑って、ずっと握っていた携帯電話をやっとポケットに突っ込んだ。

「夏期講習のあいだは夕方の授業ないから」

夏が言うと、彼女は答えないでビルのほうを見た。煙は黒いところが減って、さっきまではなかった真っ白な部分が広がっていた。

「坂上さん、勉強してる？」

「してるで。さらに頭よくなりました」

「もし、あれやったら、授業に出なくても、事務室で自習してもいいよ」

「いやです、そんな保健室行きみたいなん」

「そうか」

「心配せんでも、わたしはちゃんと受かるから。それやし、所長はええ人やったって言うとくから」

ええ人やった。過去形か、と夏は思ったが、ここであんまりしつこく掘り返さないことにした。

でも、明日、改めて連絡しよう。作戦を立ててから。塾は辞めてもいいけど、もう少しだけ話したい。

「暗くなるからちゃんと帰りや」

「あれが消えたら」

と坂上まゆは、また火と煙のほうを見ようとしたが、携帯に反応があったらしく、ポケットから取り出して開いて閉じた。

「あ、友だち来た。じゃあ所長、わたし行くわ」

「うん、またね」

と夏は言ったが、坂上まゆはそれには答えずに、人だかりの隙間に体を押し込んでいった。
ばらばらばら、と大げさな音をまき散らして、ヘリコプターが曇り空の下を飛んで
きた。やっと炎が見えなくなり、煙だけになったのを見届けて、夏もその場を離れた。
十五分後、人でごった返す改札を抜け、夏はいつもの環状線のホームへと階段を上
がったが、案内板に「南口」の文字があるのを見て思い直した。案内表示の指す通り
に、ホームを端から端まで歩いて、突き当たりの階段を下りて学研都市線のホームに
出、ぐるりと見回してやっと南口を見つけた。改札の駅員に、ＩＣカードの定期券を
差し出した。
「忘れ物したんで、出たいんですけど」
妙に愛想のいい駅員は、カードを機械に通し、抑揚のつきすぎた声をかけた。
「はぁいよぅ、どおぞぅ」
「ありがとう」
何年も使っている駅なのに、「南口」を通ったのは初めてだった。改札の外は、ほ
かの出口とは違ってほとんど店もなく、人通りも少なかった。タクシーが数台停まっ

ている向こうは、すぐ川だった。低いコンクリートの塀に挟まれた川の向こう側には、テレビ局の建物がいくつもの窓を光らせて建っていた。歩道に出て、昨夜インターネットで検索した地図と、頭の中で照合した。

昨日の夜、テレビでニュースを見ていたら、最後のローカル局に切り替わった部分で、空襲の慰霊祭の様子を取り上げていた。それが何か月か前に中井と大阪城で話したときに聞いた場所だと、夏は思い出した。そしてすぐに、パソコンを開いて検索した。京橋、空襲、八月十四日……。テレビに映っていた慰霊碑が京橋駅の南口にあることがわかり、ネット上の地図でも確かめた。

ロータリーを過ぎ、右を向いて十メートルほど先、線路の下の、コンクリートで固めた土手の脇《わき》、川に向かって高架橋になる手前の片隅に、墓石らしきものと看板があるのが見えた。テレビで見た法要の印象と違って、ひっそりとさびしい場所で、なにもかも小さかった。

近づいていくと、奥に仏像があり、周りには千羽鶴《せんばづる》が四つ、五つ提げられていた。ニュースでやっていた慰霊祭が昨日あったばかりなので、新しい花がたくさん供えられていたが、昼間の暑さのせいで鮮やかな色のまましおれかかっているのが、街灯の無機質な光に浮かび上がっていた。

その前に、老女が一人立っていた。薄紫の服にサンダル履きで、鞄《かばん》の類《たぐい》はなにも持っていなかった。仏像や墓石ではなく、コンクリートの壁の上の、線路のフェンスあたりを見上げていた。右手には、数珠《じゅず》が握られていた。

夏はしばらくその光景を、見つめていた。ほんとうに、人がいる。空襲は、ほんとうにここであったのだ。

急に老女が振り返り、夏と目が合った。面長の顔、痩《や》せた首と腕の皺《しわ》が目立った。

夏は聞いた。わたしはこの人と話すことができる、と思った。

「あの、すみません。もしかしてどなたかここで……」

「いちばん上の兄がね。そやけどなんにも見つからへんままやのよ。いつもとおんなじ時間に出かけていって、帰ってけえへんの。何回も探しに来たけど、なにが誰なんやらわからへんでね。そのままもう六十五年やもんねえ」

老女はまた振り返って線路を見上げた。夏が毎日乗っている路線。

「ずっと、この辺に住んではるんですか」

「わたしはねえ、港区のほう。うちの一画だけなんとか焼け残ったんやけど、そのあと機銃掃射に遭《お》うてねえ。知ってはる？」

「あ、はい。飛行機から撃ってくる……」

「女学校のみんなと避難する途中やってんけど……、トラックの荷台に乗ってね、橋の上まで来たところでばらばら音がするからぱっと見たらもう戦闘機がおるのよ。操縦席の兵隊さんの顔もはっきり見えたわ。……夢中で伏せてから起きあがったら、すぐ前を走ってたトラック二台がひっくりかえって燃えてて、わたしら慌《あわ》てて橋から川へ飛び込んだん」

皺のあいだで見開かれた目は、瞳《ひとみ》の縁が紫色に濁っていて、夏は何年も会っていない父方の祖母と、五年前に死んだ母方の祖母との、両方にも見られているような気持ちになった。

「怖かったわ。あんな怖いこと、ほかにあれへん」

見慣れた環状線のオレンジ色の車両が、地鳴りのような轟音《ごうおん》をあげて、時刻表通りに走って行った。

蛍光灯の光で明るい車窓に、人の影がいくつも見えた。

道の向こうから、自転車に乗った小学生男子が四人、走ってきた。通り過ぎるとき、彼らの声が、夏に聞こえた。

「火ぃめっちゃ出てたで」

「ヘリコプターもおったー」

「腹減ったー」
騒々しく、自転車の一団は遠ざかっていった。一瞬だけ、あたりは静かになって、川から水が波打つ音がかすかに響いた。

参考文献　海野十三『海野十三敗戦日記』(中公文庫 BIBLIO 版)

ここで、ここで

バスを降りて橋に辿《たど》り着くまで、ほとんど人には会わなかった。

ようやく橋の前に立つと、上り口は、思っていたよりゆるやかに見えた。傾斜が急になるのは、今わたしの横を通り過ぎた自動車がさしかかろうとしている料金所を過ぎてからだろう。歩行者用の入り口が見つからないので、すぐ横に建つイケアの敷地沿いの歩道を歩く。イケアの駐車場は空《す》いていたが、やってきた送迎バスには人影が見えた。

橋は、全長二キロメートル近くある。向こう側へ渡ると、大阪港へ出る。この橋を通る市バスに何度か乗ったことがある。吊《つ》り橋やトラス橋でなく、極端に少ない橋脚だけで下から支えられる構造で、角度によっては道路が宙に浮いているように見える。バスに乗ってその急勾配《こうばい》を上るたび、銀河鉄道の線路から飛び立つような相当な高揚感があった。うわーおうぅ。まるで遊覧飛行だ！　海上四十五メートル、周囲には高い建物はなく、柵《さく》も低くて視界を遮るものがなにもないので、大阪の街が一望できる。入場料を払うタワーやビルの展望台よりもたぶん景色がいい。

　歩行者も渡れることは知っていた。このあたりの橋は皆、工場へ行く船を通すために水面から約三十メートル以上の高さがあるが、上ろうとしている橋は、その中でもいちばん高く、長い。

　空はまだらに曇っていて、太陽がどこにあるのかわからなかった。時雨《しぐれ》雲が近づく、冬の空だった。高架の下を囲むフェンスの中に、歩道橋の上り口が見えた。金網はすでに錆《さび》と排気ガスで黒くなっていた。横断歩道はないがほとんど車の通らない道を横切り、スロープの前に立った。リュックサックからカメラを取り出して手袋を外した。

　高架の下に張りついて何度も折り返す長いスロープは、見慣れたものだ。子供のころ、ここと反対側の区へ渡る阪神高速の下の歩道橋を毎週通ってスイミングスクールへ通っていたし、もう少し上流の橋は高校の帰り道にときどき通った。スイミングスクールのナイロンバッグを背負い、柵から下を覗《のぞ》くと、何十メートルも遠い水面の、一センチの透明度もないような緑色の川の中に、それでも魚の黒い影が見え、ウルトラマンに出てきた怪獣のように突然変異の生き物ではないのかと恐れていた。真っ黒な数匹が、いつも互いに追いかけあうように渦を描いていた。スロープの下は放置自転車やスクラップの置き場で、両側には工場が迫っていつも薄暗く、通る人もほとんどいなかった。

それに比べるとここは、下は駐車場に整備されていて真新しい車が停めてあるし、両側は果てしないほどの空き地なので、すでに見晴らしがよい。歩道橋が右に折れ、左に折れると、一旦《いったん》高架の外へ出て視界が開けた。開発が中断したままの埋め立て地は水たまりがあちこちにあり、この先も永遠に整備されることはなさそうに見えた。

歩道橋は、料金所を過ぎたところで橋の右側に合流し、車道と歩道は腰よりも低い細い鉄パイプの柵で隔てられるだけになった。すでに、橋の高さは二十メートルに達し、運河の向こうの工場や、その先にある青いアーチ橋もよく見えたし、車道の向こう側には赤い鉄骨の梯子《はしご》みたいな港大橋がはっきりと見えた。とてもいい眺めだ。よい写真が撮れるに違いない、とわたしはカメラを握りなおして、それぞれの方向へ向けてシャッターを押した。それから左のポケットの iPhone も出して、外側の柵の隙《すき》間《ま》から団地のほうを撮影した。

外側の柵も、普通の歩道橋程度の柵だった。高さは一メートル二十センチ、鉄の棒が十五センチほどの隙間を空けて並んでいるだけだった。写真が撮りやすいし、いちばん高いところまで行って見られるはずのパノラマ風景を頭に思い描いて、足に力を入れて上り始めた。自転車は降りて通行してください、と看板があるが、向こうから自転車に乗った男が走ってくる。二キロも歩いてられへんわな、と思うが、風も強いので少々不安定に見える。自転車とすれ違ったあとは、頂上までの歩道には人の姿は現れなかった。通行料金が百円かかるせいで、自動車もまばらにしか通らない。

歩いたら歩いただけ、橋はおもしろいように高くなった。さっきまで横に見ていたはずの団地が見下ろす位置になり、そして、いつのまにか海の上に出ていた。鉛色の水面は、川と海の混じり合う場所だった。ほとんど流れはないようだったが、さざ波が全体を覆《おお》っていて、表面だけが風に流されているようにも見えた。

岸には工場があり、大型船を吊り上げるためのクレーンが横づけされていた。赤く塗装された巨大なクレーンは、三十メートルはありそうだった。四角い艀《はしけ》のようなものに乗っかっていて、どうして倒れないのか不思議だ。

立ち止まって、写真を撮った。欄干の上に手を置いて何枚か撮り、それからしゃがんで柵の隙間からiPhoneで撮影した。カメラにはストラップを付けて手首に通しているが、iPhoneにはなにもないのでちょっと手を滑らしたら落ちて沈んで終わりだな、と慎重に左手で支える。買い換えると金がかかるし、手続きやら設定が面倒だ。

立ち上がってまた歩き出す。眺めはよかった。二歳から十六歳までの人格の形成に重要と思われる期間を市営住宅の九階で暮らしたせいか、高いところは全然怖くない。高層ビルや展望台のようなところはもちろん、会社勤めをしているときに臨海コンビナートの工場で燃料タンクの外側についた非常階段を上っても、怖いとは感じなかった。あの工場と、今周りにある工場は似てる。

コンクリートを踏みしめてひたすら歩く。もう何百メートル来ただろう。前方に見える坂の頂上は、近づけば遠ざかり、まだ向こう側は見えない。真ん中のいちばん高そうなところまで行ったら写真を撮って引き返すつもりだった。向こう側に降りた先は倉庫街で、バスは一時間に一本か二本なので帰るのが面倒になる。

一歩前に出るたび、風景は素晴らしくなった。小型飛行機で飛んでいるみたいな景色だった。

いつのまにか、赤い巨大クレーンも後方に、その天辺《てっぺん》も下に見えるようになっていた。二つの河口が出会う水面は小さな船が行き交い、白い波が軌跡を作っているが、音は聞こえない。ときどき、どこの工場からか鉄がぶつかる音が響くだけだ。

冷たい風が吹き、ニットキャップを目深《まぶか》にかぶりなおす。向かいからサウナスーツを着込んだ男がランニングしてきて行き過ぎた。ほどなく、いちばん高いところに辿り着き、ようやく左に緩くカーブした道路の、下っていく先が見えた。柵の上部にカメラを置いて安定させフィルム一本分と、iPhoneで十カットほど撮影した。右側には、いくつかの川筋に貫かれた大阪の街が広がる。まだ新しい青い鉄骨のアーチ橋。工場。精密機械の部品のように地表を埋め尽くす住宅。そこかしこに増えたタワーマンション。遠くには生駒山《いこまやま》の影。厚い灰色の雲の隙間から光が少しだけ差して、宗教画みたいにも見えた。左側には、大阪湾が鈍く光っていた。夕日の時間に来たら死ぬほど美しいだろう。

カメラもiPhoneも落とさなかったことに安心して、前方を見ると、どこまでも続いて見える道路のずっと先にはユニバーサル・スタジオ・ジャパンのホテルが見え、阪神高速湾岸線の吊り橋の支柱が見え、西宮方面の街並みが六甲山の麓《ふもと》へ連なるのが見えた。思ったより上りもきつくなく遠くも感じなかったので、すぐに帰るのはもったいないような気もしつつ、ずっと立っていると寒いので、引き返そうと振り返った。

その瞬間。

自分が立っていたのは、頂上から少し行きすぎたところで、歩いてきた道路がほんの少し盛り上がって、もと来たほうへ延びていた。さっきまで右側だった柵は左側になり、すかすかの鉄柵の間から、暗い水面が見えた。動きがないように見えたさざ波は、確実に大阪湾のほうへと流れていた。

その瞬間、橋が水の流れと反対方向にゆっくりと動いたように感じた。自分の足の下に高さ四十五メートル分の、何百メートルにもわたる広大な空間があることが、その虚空《こくう》が、一瞬にして体の芯《しん》を貫いた。

突然、一歩も動けないどころか、指先さえ動かすことができなくなった。全身から血の気が引き、膝《ひざ》の力が抜けた。

ほんの少しでも動いたら、あっさりとこの適当な柵を乗り越えて海に飛び込むことができる、と思った。歩道を歩いている人はいないし、簡単にわたしはそうすることができる。自分が飛び込むのを止められる気がしなかった。誰も気づかないあいだに実行する。

足がまったく動かないまま、なんとか前後を振り返ったが、人影はどこにもない。あいだをあけて車が通るが、たぶんこういう道路では停まってはくれないだろう。息を大きく吸い込み、右手を伸ばして車道との境の柵をつかんだが、足は動かないのでうしろに倒れかかった苦しい体勢になった。

一一〇番。事件ですか事故ですか。あの、なみはや大橋の上で動けなくなったんですけど、迎えに来ていただくことはできないでしょうか？　上るのは全然どうもなかったんですけどいちばん高いとこで動かれへんくなって。怒られるよな。いや、怒られたからと言ってどうだというのだ。たまに高いところから降りられへんくなった猫とか助けてるニュースやってるし。猫を助けてくれるなら人間を助けない道理はなかろう。どうにかしてここから帰る方法を考えなければ。一一〇番。怒られたって構わぬではないか。税金より命のほうが大切。

地上四十五メートルに浮かぶ道路は、ゆっくり、地球の自転みたいに動いていた。動いているのは水のほうだったが、このまま傾いていって振り落とされるのではないかと恐ろしかった。

遥《はる》か遠くにイケアの建物が見える。なんとか、あそこまで。

左足を地面に擦りつけたまま動かす。少しでも油断すると、欄干へ向かって走りだしそうだった。川のことも、工場もクレーンも考えないように、足下だけを見る。普通の道路普通の道路ここは普通の道路。左手も、車道側の柵をつかむことができた。走ってきた軽トラックを見るが、フロントガラスに空が反射して運転手の顔は見えなかった。鼻の奥を通る空気が、冷たく、氷のように冷たくなった。

三宮発梅田行き、最終の普通電車には結婚式帰りらしい女の子たちがあっちにもこっちにも乗っていた。今日は日がいいのだろう。天気もよかった。最高気温は三十五度を超えた。その暑さが、夜中近くになっても残っていた。

「ほんでイケアの食堂まで辿り着いて、なんも注文せんと窓際《まどぎわ》の席に座って廃人状態でしたよ。死ぬかと思った、っていう言葉以外なんも考えられへんくて、完全に真っ白。周りで見てる人おったら怖かったんちゃうかな、目が空洞、みたいな感じで」

「今度絶対行こ。バスって大阪港から出てるの？　あ、車のほうがええかな」

「車は百円で原付は十円かかる」

「十円？　十円？　それってなんか意味あんの？」

左隣で、さちほは、目を輝かせていた。来月には富士急ハイランドにできるギネス認定最大落下角度百二十一度のジェットコースターに乗りに行くらしいが、もっとリアルな不安定感を希望しているとのことだ。

「大変やったんですねえ。ぼくは怖がりやさかい、たぶん最初から行かへんでしょうね」

右隣では、奈良原《ならはら》さんが視線をさまよわせながら言った。今日のトークイベントに出演してもらった写真のプリンターの元同僚ということで見に来ていて挨拶《あいさつ》だけ交わして、わたしはさちほを含む友人たちと餃子《ギョーザ》を食べに行って、それから三宮の駅で電車を待っているときにちょうどいっしょになった。出演してもらったプリンターさんが言うにはその人よりプリンターとしての腕はいいそうだが、今は全然別の仕事をしているらしくて、それがなんの仕事かまでは聞かなかった。灰色の髪と眼鏡の銀縁がぴったり似合っているが、まだ四十代だと言っていた。しかし正確に何歳かは教えてくれなかった。プリンターさんは三宮に住んでいるから徒歩で帰宅したあとで、奈良原さんは一人でホームに立っていた。隣り合わせたからには何か笑ってもらえるような会話をしなければと思っていたところ、奈良原さんが明日嫁さんにイケアってとこに連れて行けって言われてるんですがやっぱりみんなそういうとこはよう行きはるんですか、と言って、あ、イケアってうちの近所なんです、と橋の話になった。

「いやー、ほんまに。一時間ぐらいはそこに座ってたかな。どーんと広いガラス窓からちょうどその橋が見えるんですけど、ほけーっと、橋とイケアのカラフルーな旗がばたばたなってるの眺めながら、恐ろしいところから帰ってきました、っていうのだけが頭の中で響いてて。あんなに空っぽになったの、人生で初めてかも」

「これ？　ここ？」

iPhoneをつついていたさちほが、表示された画像を見せてきた。空き地の向こうに長い高架が延びる風景。あれ以来、一度も行っていない。

「うわー、めっちゃ楽しそうやん。人間はタダってええなあ」

車窓の外は真っ暗で、向かいの座席の人たちの頭の隙間に、わたしたちの姿がはっきりと映っていた。

東京を今日の昼過ぎに出た新幹線は武庫川を過ぎるとずっとトンネルで外は見えなかった。それで、阪急神戸線で大阪の実家に向かう今は景色が見たかったのだが、線路近くの建物の電灯が過ぎていくだけだった。

今日のトークイベントの依頼を受けたのは、会場が神戸の三宮だからだった。三月の地震以来、わたしは何度も一九九五年の地震のことを思い出していた。三宮を歩いたのはおそらく十年ぶりぐらいで、十六年前の地震のあとの記憶にある解体中だったいくつもの建物が、今のどの新しいビルになったのか、結びつけられなかった。駅から会場のカフェまでの十分ほどの距離だけでも暑かった。以前にその上り坂を歩いたことがあったかどうかもわからず、風景が前と違うのか違わないのか思い浮かばずに、初めて訪れた街のようにも思った。特に、さっき坂を下って駅に出るまで、露出部分の多い格好をした女の子たちが酔っ払って大騒ぎしているのがタクシーのヘッドライトに照らされているのを見たとき、それでもなぜか街全体が健全に賑《にぎ》やかなように感じていたのだが、考えてみたら終電間際の時刻に三宮にいたことは今までになかった。

「ほんまは新聞で連載してた写真付きエッセイに載せるつもりで行ったんですけど、こんなん載せて行ってみた人になんかあったらあかんと思って、自分で没にしたんですよ。ようさん撮ったのに、お蔵入りで、後日渡し船のとこまで撮り直しに行って」

「渡し船?」

奈良原さんは期待通りに聞き返してくれたが、さちほはiPhoneの画面に見入ったままだった。

「工場に行く船を通すために橋がみんな三十メートルぐらいあるんで、人が渡るの大変やから渡し船があるんですよ。矢切の渡しみたいなんじゃなくて、エンジンがぽんぽんぽんぽんていうやつ。みんな自転車で乗るし」

「へえー。ユニークなところにお住まいなんですねえ」

奈良原さんの関西弁はこの年齢の人にしては古風な上にとても正確な発音で、長く続くおうちの方だろうかと勝手に想像した。休日なのに白い開襟《かいきん》シャツにグレーのズボンをはいていて、小津安二郎あたりの映画に出てくる会社員が間違えて今日の阪急電車に乗ってしまった、というふうにも見えた。膝に置いた鞄《かばん》の持ち手を両手で握っている。あとはカンカン帽でもかぶせたら。

「めっさ行きたい。明日行こかな、明日」

さちほは検索に夢中で、早速もう片方の手に持った携帯電話で誰かにメールを打ち始めた。さちほに会うのも二年ぶりで、誰かのツイッターでわたしのイベントの情報を見て急に見に来てくれた。

「それから突然、高いところがまったくだめになって。ガラスとかで覆われてるとこはだいじょうぶなんですけど。高層ビルとか乗ってみてはないけど観覧車とかも平気やと思います。でも飛び降りれる状態というか、リアルに落ちそうなとこは二、三メートルでも怖くて怖くて。凝ったデザインの店で階段の手すりがすかすかのんでも無理。そのとき四階に住んでたんですけど洗濯物干すのにベランダ出るたび下を覗かな気が済まへんようになって、引っ越し先は二階にしました」

「覗くって逆やん。怖かったら見いへんかったらええのに」

携帯電話を握る右手の指を素早く動かしながら、さちほが言った。

「それがなー、なんか確かめないと気持ち悪いというか、下覗いてぞわーっとするのを体験したいというか。怖さチェック的な」

「ようわからんこと言うて」

メールはあっという間に完成し、送信される。

「中毒症状かな？　もしかしたらだいじょうぶになってるかもしらん、と期待してるんかも。だってあんなになんともなかったのに、急に元に戻ることもあるんちゃうかなーって。あの橋もほんま景色いいから、もう一回行きたいし」

「いつ行ったんやっけ？」

「去年の二月やから、もう一年半ぐらい経《た》つか」

「今度いっしょに行こか？　人がおったらだいじょうぶちゃう？　腕つかんどいたるし」

「それでなにかあったら全員がトラウマとなって目ぇも当てられないでしょうからやめといたほうがええんちゃいますか？」

奈良原さんは銀縁の眼鏡を光らせて穏やかな笑顔でそう言った。わたしも、それからたぶんさちほも、そうなった場合の状況や心情が妙にたやすく想像できてしまい、返す言葉が出てこなかった。わたしは話題をずらした。

「花火とかええんちゃいますかね。西成区に行く側のほうにもっと昔からある橋があって、そこは両側が螺旋《らせん》状になってるからめがね橋って呼んでるんですけど、真ん中の川を渡ってるまっすぐなとこはたぶん三十メートルぐらいの高さかなあ、花火のときは鈴生《すずな》りに人がおるっていうてた、弟が」

「なるほど！　花火やな！　花火！」

さちほは今度はこの夏の花火大会を検索し始めた。十年近く前に、天神祭の花火を近くのビルの十五階から見下ろしたときの、その丸い花火の形が頭に浮かんだ。宵闇《よいやみ》を映して黒く蛇行する川の上に浮かんでいた火花。

「ぼく、花火って苦手ですねん。どきどきしますやろ。疲れるというか、体がダメージ受けますわ。基本的に気持ちがわーっとなることは全部あきませんのやけどね、情けない話やけど。南米なんかやとサッカーの応援で死ぬ人おる言いますけど、高校野球の一回戦見てるだけでそんなような感じになりますねん。だからまあ、スポーツは全般に苦手ですね。プロ野球の消化試合、あれ、ええですね」

やっとさちほが関心を示し、なぜかわたしの頭のうしろ側から奈良原さんに声をかけた。

「じゃあ趣味ってなんですか。盆栽とか……囲碁とか？」

「植物は枯れそうになったらどきーっとしますし、囲碁は勝負のせめぎあいいうもんがあるやないですか。家でごろごろして、ああ今日も日が暮れていくなあ、いうときがいちばんいいですね。嫁さんは、おもろない人と結婚してもうたて嘆いてます」

「確かに、もうちょっとアクティブさがほしいところですね」

「旅行も行かないんですか？」

さちほが話しやすいように上半身を前傾させていたわたしは、カーゴパンツの裾《すそ》に蚊が止まっているのを発見して叩《たた》いたが逃げられた。

「新婚旅行に行ったきりですね。そのとき飛行機が怖《こお》ーて怖ーて」

「イケアはたぶんだいじょうぶですよ。そんなどきどきするようなことないと思います」

体を起こして言うと、今度はさちほが眉《まゆ》をひそめた。

「わたし、コストコもそうやけど、あの倉庫部分あかん、入られへん。地震来たら絶対やばいやん。だから、小物は買うけど家具は買うたことないねん」

「倉庫？」

背筋を伸ばしたまま首を傾《かし》げる奈良原さんに、わたしは外資系大型量販店の内部構造を説明した。展示場みたいに広い倉庫の天井いっぱいまでどーんとおっきい荷物の塊が積んであって……。

「ほうほう、なるほど。それはちょっと行ってみないとどないな感じになるかわかりませんなあ」

「あの倉庫方式さえなんとかしてくれたらなー」

「わたしもあれは前から怖かってん。落ちた話は聞かんけど、対策ってしてあんのかな」

「怖いっていうのは、落ちてきそう、みたいな感じのことやろ。わたしが言うてるのは、揺れたら落ちるやん、ってこと。怖いとは違う」

「なるほど」

「違うと思う」

と、さちほが言ったあと、急に沈黙が訪れた。一九九五年の地震のとき、さちほが住んでいたマンションは全壊判定を受け、二年ほど仮設住宅に住んでいた。そのことをさちほから聞いたのは、知り合ってずいぶん経ってからだった。

わたしたちが話しているあいだに、電車は一つ一つの駅に停まり、最終電車のせいか心持ち長めに各駅で扉を開いていた。生温い、湿気を含んだ空気が、ドアのあたりで混じり合ったが、風はなかった。乗客は少しずつ減って、座席にも隙間が増えていた。何度も通過して何度も見ているのに降りたことのない駅が目の前にあり、歩いたことのない街が闇の向こうに広がっていた。

「かろうじて趣味と言えそうなんは、宝くじですかねえ」

ドアが閉まったのを見届けて、奈良原さんが急に言った。わたしたちは、ほぼ同時に奈良原さんの顔を見た。え、それは結構気分が上下するように思われますが。

「結果は嫁さんが見ますねん。ぼくはいろいろ調べて、統計とって、並びに行くんが好きで。そんなうまいこといきませんけど、結果より過程が楽しいんでね」

さちほが、またわたしの頭のうしろから言う。

「じゃあ、注文したら買いにいってくれます？」

「当たったら手数料七割でもええですか」

「しっかりしてはりますね。見かけに引っかかるとこやったやないですかー。あ、わたし、次やわ」

さちほの動作は常に躊躇《ちゅうちょ》や名残惜しさを感じさせない。すぐにドアの前に立ち、ICカードを握っていた。

「じゃまた、明日の晩？　てきとーに電話するわ。ユウもリョウも、会えるの楽しみにしてるって」

明日の夜は、さちほの家にごはんを食べに行くことになった。ユウはさちほの長男で十歳で最近やっと絶叫マシンに乗れる身長になったと喜んでいて、リョウは長女で七歳で背泳ぎができるのが自慢だそうだ。

「覚えてた？　わたしのこと」

「ちゃんと写真見せて教えといた」

十三《じゅうそう》を過ぎると、車両にはもう三人しかいなかった。

「あのー、奈良原さんは自分では今でも写真プリントしはるんですか？」

「いえ、あれは仕事ですから。現像所辞めてからはもう全然。七年ぐらいになるやろか」

「わたし、普通にお店に出すだけで焼き具合の注文とかしたことないから、一度お願いしてみたいなと思って」

「水野くんに頼んだら間違いないですよ。彼はほんまに職人やし、写真が好きやから」

　イベントのゲストだったプリンターさんの名前を言う奈良原さんに、奈良原さんは写真がすごく好きというわけではないのですか、と、聞かなかった。次の駅で奈良原さんは電車を降りた。

　普通列車しか停まらない中津駅でぽっかり開いた扉の向こうを、奈良原さんは歩いて行った。ターミナルの一つ手前なのにほとんど降りる人のいない駅の、狭い狭いプラットホームを歩いて行く真っ白なシャツが、湿気に満ちた闇の中に浮かび上がっていた。一人で姿勢正しく歩いて行くうしろ姿を、やっぱり時代を間違えて現れた人みたいに思った。

眠って起きると十時前だった。二階に降りると、母はすでに仕事に出ていてテーブルの上に「洗濯干しといて」とメモが置いてあった。

表で車が停まる音がし、弟の妻とその子供が玄関に上がってきた。

「あれ？　今日のお昼に帰ってきはるって聞いてました」

「あ、ごめん、寝起きで」

わたしは押し入れから引っ張り出してきた古いジャージを着たままで、とりあえず手櫛《てぐし》で髪を引っ張ってみた。

「ほら、こんにちは、って」

衿子さんは、彼女の足のうしろに隠れるように立っていた果穂ちゃんの背中をゆっくり押した。姪《めい》はわたしをじっと見上げ、

「……にちわ！」

と表情は変わらないまま頭をかくんと動かした。正月に会ったときにはまだ歩くのも不安定だったのに、今日はしゃがんで自分で靴を脱ごうとしていた。偶然、わたしと誕生日が同じ姪は、写真で見る子供のころのわたしとよく似ていた。

衿子さんは挨拶的な会話をしたあとで、言った。

「わたしちょっとだけ買い物行ってきたいんで、この子見といてもらっていいですか？　十五分以内に戻りますし、もうそんな泣いたりしませんし」

姪が生後六か月のときにも三十分ほどここで二人で留守番という状況になったのだが、そのときは衿子さんの姿が見えなくなってから帰ってくるまで全然泣き止《や》まず、大変に申し訳ない気持ちになったのであった。

「うん、だいじょうぶ、と思う」

と答えたものの、姪と二人になってみるとなにを話せばいいのかわからずに、姪用として置いてある音が出る絵本を持ってきて電子音のメロディを流してみたが、すぐに飽きられてしまった。

押すと声を出して振動するエルモのぬいぐるみを自分の部屋に置きっぱなしにしていたのを思いだし、目を離すのは心配だから姪を抱えて三階に上がってまた下りてくるあいだに、重さを支えられずに姪はずり落ちて苦しそうな体勢になっていてまた申し訳なく思った。

わたしがエルモの腹のスイッチを押して、突然その真っ赤なぬいぐるみが動き出すと、床に座っていた姪は驚いて離れようとし、次の瞬間、うしろに倒れた。ごつん、と床板が鳴った。

「あっ、ごめんごめん！」

と駆け寄って起こそうとしたら、姪は仰向《あおむ》けにひっくり返ったままきょとんと天井を見上げていた。泣かないのかな、と思って一瞬待った。姪は、むくっと起き上がった。

「だいじょうぶ？　痛くない？」

わたしは聞いたが、姪はそれには答えず、きまじめな顔で立ち上がると三歩進み、テーブルの縁を指差して、言った。

「ここでここで」

早口の、裏返ったみたいなか細い声だったが、確かにそう言った。さらに姪は、テーブルの反対側に歩いて行って今度は椅子《いす》の脚を指差した。

「ここでここで」

右手で指差したまま、左手の親指を口にくわえて、わたしをじっと見た。姪の丸い目の白いところは、薄青く光っていた。

「ここで？　頭打った？」

指をくわえたまま、姪は三回頷《うなず》いた。

「前に？」

さらに二度頷いた。それから頭を打ったことは忘れたように、台所へ歩いて行った。そのあとについて行きながら、わたしは動揺していた。一歳八か月の姪に、すでに過去の時間があって、彼女がそれを理解していることに。彼女が、過去のできごとをわたしに向かって説明しようとしていることに。自分は前にここことここで同じようなことを経験した、と。

わたしはそれを聞いてしまった。

一人で、姪から、知らされた。

「こ、こ」

姪は、シンクの端に置かれて少しはみ出しているバナナを指差していた。

「ばなな、こ、こ」

「ああ、食べたいの？　ええんかな、さっきお菓子食べたんやろ？」

姪はまた首をがくがくと縦に振った。バナナを一本取って、剝《む》いて先を折って渡した。

「おいしい？」

「おい、おい」

残した分はわたしが食べた。姪は部屋を見回したと思うと、今度は、

「とい！　すごい！」

と叫んでベランダに面した窓に向かって走って行った。ベランダの手すりに留まっていた雀《すずめ》は、驚いて夏の空へと飛び立った。

きっちり三十分経って衿子さんが帰ってきたので、言ってみた。

「あのさー、果穂ちゃんって、かなり頭いいんちゃう」

「それはねー、親が言うとアレやから。ほら、果穂、じいちゃんにちーんしないと」

不信心なわたしの家族と違い、衿子さんは、子供に真っ先に仏壇にお参りするようにちゃんと教えていた。姪は彼女には大きすぎる座布団《ざぶとん》の端に正座して短い腕を伸ばし、棒でお鈴《りん》を思いっきり叩いた。

自分が生まれる前に祖父が死んだということを、姪が理解するのはいつごろだろう、と小さい背中を見ながら思った。もしかしたら、もう知っているのかもしれない。

それでも変わらないのは、父が、彼女が生まれたのを知らないこと。

去年の二月にバスを降りて橋に辿り着くまで、ほとんど人には会わなかった。

降りたバス停のすぐそばの区画には五階建ての市営住宅が建ち並んでおり、そのど

こかにわたしが生まれたときに住んでいた部屋があるのだが、どの棟なのかわからない。一階で階段の左側だという記憶はあり、その団地のどこかの硬い地面を覆う砂が、わたしのいちばん古い記憶だと思う。三十五年前に見たあの砂の一粒でもまだここにあったら、自分が生まれてきたことの証拠になるような気がした。あの記憶自体、実際にあったことではないかもしれない。築四十年にはなるエレベーターのない灰色の建物のベランダには、住人たちが自らこしらえた風呂場《ふろば》かシャワー室みたいなものが見える。駅からバスで三十分近くかかる、二つの河口に挟まれたこの行き止まりみたいな場所から先へ行く橋がかかったのは、十五年前のことだ。

コンビニエンスストアが一軒と、古い小さな商店が見えるが、人は見当たらない。バス停で三つ手前の、運河を越える橋のところで、大型トラックやミキサー車は直進して製鉄所のほうへ進んで、平日の昼間にこちら側に来る車は少ないのだろう。バスにも乗っていたのはわたし一人だった。

二月で窓を閉め切っているから、洗濯物が並ぶ団地のベランダのどこからも人の声やテレビの音も聞こえてこない。着込んできたダウンジャケットのファスナーを首まで上げるが、寒さは知れている。雪も滅多に降らない。

植え込みの頼りない木を見ながら、住んでいたのはここではないかもしれない、と思う。一丁目団地、二丁目団地、と団地はいくつもあり、バスで来る途中に見えたあそこかもしれないし、もう少し先の見た目はそっくりな別の団地かもしれなかった。家を出る前に母に聞いてみたが、一丁目、いや、二丁目やったかな、行ってみたらわかるけど、と言った。今住んでいるのはここから車で十分とかからない場所だ。

団地の次の区画には、草野球ができるようになっている公園があった。とても小さく思えるが、野球のダイヤモンドには大きさの決まりはないのだろうか。木曜日の昼間なので、ここにも誰もいなかった。車の通らない静まりかえった道の路肩には、一定の間隔を空けてダンプカーやトラックが停めてあり、何台かのフロントガラスには寝ている運転手の足が見えた。

公園を通り過ぎると、だだっ広い空き地に出た。この埋め立て地にはこの何十年のあいだにいくつも開発の計画が持ち上がったが、結局なにも実現しないまま、場所だけがそこにある。フェンスに囲まれた区画の中には重機が放置されていて、掘り返したあとはあるがこれからなにかが始まる気配はない。

人影のない、フェンスとフェンスのあいだの妙に整備された道路を歩く。右も左も、水たまりがまだらにある土地がずっと遠くまでぽかんと空いている。

こんなふうに一人で歩いているとき、殺されないかと心配になる。空き地や工場だからではなく、三年前の二月に高尾山に一人で行ってケーブルカーを降りて神社へ向かう途中で前にもうしろにも人がいなかったときも、怖くなった。なぜ殺されないんだろうか、と思う。殺されないほうが不思議だ。たぶん簡単に殺せるし、素知らぬ顔をして歩いて行けばばれないいんじゃないかな。だけどまだ殺されたことはなかった。きっと運がいいのだろう。

橋のほうへ抜ける道がないのがわかり、引き返して右へ曲がる。

歩き続けると、深い青色に塗られた壁に黄色いロゴがくっきりと浮かぶ、イケアの建物の手前まで辿り着いた。工場も植物園も地下鉄もショッピングセンターも実現しなかった埋め立て地に、唐突にできあがった北欧の家具店は、横浜や船橋の店とそっくりで、別の場所にワープしたのかと錯覚しそうになる。とりあえず、イケアのほうに渡ってみる。大きくカーブした車道には、歩行者が渡る場所はなかった。車は断続的に走ってきてそれなりにスピードを出していたが、もともと信号や横断歩道を守らない質《たち》なのでさっと左右を見て道路へ踏み出した。見上げるとハッピーな感じのソファの広告が掲げてあった。

ようやく橋の前に立つと、上り口は、思っていたよりゆるやかに見えた。遠いな、と思った。遠いから何分ぐらいかかるかな、と思って腕時計で時刻を確かめた。そしてまた歩いた。

東京に戻る新幹線は、大雨で少し遅れた。すぐ前の座席には歌手の女の子が座っていた。テレビで見て思っていたよりずっと華奢《きゃしゃ》だった。男ばかりのスタッフに囲まれて、退屈そうにしていた。普通車に乗っているのは意外だったが、今どきはそんなものなのかもしれない。

座席と窓のあいだに、彼女がiPhoneを操作して、どうやらブログを更新しているらしいのが、見えた。わたしは自分のiPhoneで、彼女の名前で検索してみた。一分前に更新されたそのページには、「みんなのloveが力に変わるよ。信じてる。すべての人に感謝」と書いてあり、その五分前には今日の洋服のコーディネートがアップされていた。

これは今年の、二〇一一年の夏の初めのこと。

駅前のロータリーでタクシーを降り、一方通行の商店街を歩いた。もうすぐ夜が明ける時刻だったが、薄明るいのは空のせいではなく、商店街の街灯のせいだった。節電で看板の照明が消えたままのコンビニエンスストアの前には、LEDに交換するために取り外した照明器具が山積みされ、作業服の男たちが出入りしていた。薄いビニールが店内の棚や壁を覆っていたが、気にせず立ち読みを続ける人の姿が見えた。

眠気のピークを通り越してぼんやりした頭で眺めていたら、すぐそばを黒い影がすり抜けた。見上げると、燕《つばめ》が美しい軌道を描いて電線に停まった。電線にはすでに五羽の燕がいた。もう二羽か三羽が、飛び交っていた。

タクシーを降りたときから、そこらじゅうで燕が鳴くのが聞こえていた。ほとんど人通りのない狭い道の両側に迫った建物に反射して、燕の鳴き声が響き渡っていた。軽やかな鈴のような、歌のようなその声は、いくつもいくつも重なり合って、蛍光灯が照らす紫色の、夜明けと錯覚する光に溢《あふ》れた通りに、途切れることなく響き続けていた。一組だけ前を歩いていた酔っ払った夫婦らしい男女が、頭上を見渡した。わたしと同じように。あんなにたくさんの燕の声を一時《いちどき》に聞いたことはなかった。

しかし、そんな遅い時間まで外で過ごすようなことはこの何か月もなかったので、それがどの日のことだったのか手帳をめくっていくら考えても、思い出せない。

解説

――もう一度読む

辻原登

もし〈あなた〉が、昔、深い縁のあった人と別れ、二十年たったある日、ある場所で、五十センチの距離ですれ違ったとしても、二人が互いに気が付かなければそのことは無になって消えてゆく。経験とはならない。二人にそれぞれ流れている時間は出会うことはない。

二つの時間の交点をわれわれは経験と呼ぶ。あるいは時間が生成すると言ってもよい。

しかし、もしそのことについて〈あなた〉が気付き、それを相手に伝える術《すべ》もなく別れてゆくしかないとしても、

わたしが気になるのは、そのあたりだ。ただ流れているだけだった時間が、急に実体のあるものみたいにはっきり浮かびあがってきて、「過去」っていうものを

延々と考えてしまう。

誰かが、〈わたし〉、と口にするとき、あるいは書きつけるとき、一瞬遅れて、いやほとんど同時に〈あなた〉が呼び寄せられている。〈わたし〉と〈あなた〉はこうして出会う。

ただ流れているだけだった時間が、〈わたし〉の、そして〈あなた〉の中で実体ある「過去」へと生まれ変わってゆく経験のひとつひとつが、魅力的なエピソードとして、秀逸、正確無比な文、——まさに作者が時間をかけて獲得した文体《スタイル》によって書きつけられる。そして、この場合、〈あなた〉は、小説の登場人物たち——有子、昇太、中井、クズイ、葛井夏、祖父、海野《うんの》十三《じゅうざ》たちであると同時に、この小説の読み手たるあなたでもあるのだ。

小説が決して漏らすことのない密《ひそ》かな野望は、常に「時間の獲得」だ。あるいは「人生の意味《サンス》」の開示だ。実人生では、われわれは決して時間の外には出られない。それを捕《つかま》えようがない。小説だけが、無論、良い小説だけがそれを可能にする。『わたしがいなかった街で』は、小説の真の野望を見事に、しかし慎《つつま》しい低声《ひくごえ》で実現した作品だ。

†

〈わたし〉の名は平尾砂羽《さわ》。一九七四年に大阪市大正区に生まれ育ち、大学を卒業したあと、二十七歳の時に上京し、大阪時代からの六年越しの恋を実らせて結婚した。しかし、五年後に別れ、墨田区太平から世田谷区若林のマンションに引越してきたばかり。二〇一〇年の現在、〈わたし〉は三十六歳で、物流関係の会社で契約社員として働いている。物語は、引越後の数日間の慌《あわただ》しい場面から始まる。しかし、小説の書き出しはこうである。

一九四五年の六月まで祖父が広島のあの橋のたもとにあったホテルでコックをしていたことをわたしが知ったときには、祖父はもう死んでいた。

祖父が爆心地にいたかもしれない、と知った瞬間から、いくつかのパターンの祖父とその後が思い浮かぶようになった。祖父も祖母も死ぬ。祖父は死んで、祖母と母は生き残る。呉《くれ》の空襲に遭う。母は生き残って成長するがわたしの父と出会わない。

偶然がそのどれかを選んでいた場合、わたしはいなかった。別の誰かが、わたしの代わりに存在していたかもしれない。

〈わたし〉に、〈わたし〉がいない、いない、いるの幾つかの道が分かれて見えてくる。〈わたし〉はまた、明日戦争が終わるという八月十四日に、〈わたし〉が乗り降りしていた大阪の京橋駅周辺で空襲があったことを知る。二つの過去が一対になって、そこにいて死んだ人、いなくて助かった人のことを考える。

そうしてたまたま、わたしは生きている。存在しなかったかもしれないわたしが、京橋駅のホームに立っている。

戦争が終わることはすでに決まっていて、しかし多くの人がまだそのことを知らなかった時間に。

そう思うのは、戦争が終わったことをわたしが知っているから。終わったあとで、その前の日のことを考えるから。

づける。

〈わたし〉は、まだ引越しが充分片付いていない部屋で、一人、ユーゴスラヴィアの内戦や第二次世界大戦、ベトナム戦争を映したリアルなドキュメンタリー映像をみつ
づける。

†

なぜ、わたしはこの人ではないのだろう、と思う。殺されていく人がこんなにたくさんいて、なぜ、わたしは殺されず、倒れて山積みになっている彼らではなく、それを見ているのかと、思う。

部屋には銃声が響いていて、誰の声もしなかった。わたしはこの快適な部屋で、誰とも、話していなかった。

こんなふうにわたしが見ていることを、ほんとうは、誰かと話したいけれど、それが誰なのかわからない。

〈わたし〉は一体何を求めているのだろうか。

〈わたし〉はまた、引越してきた若林という町に六十五年前に住んでいた海野十三という作家の「日記」をiPhoneのアプリケーションでダウンロードして読んでいる。のちに文庫版を買って、ずっと鞄《かばん》に入れて読みつづける。〈わたし〉は、日記に書かれている空襲で焼かれた跡あたりをたどりながら、かつて誰かが生きていた場所を、いまわたしは生きている、と考える。

〈わたし〉は一体何を求めているのか。

戦争ドキュメント嗜《し》好《こう》については、ただ子供のころからずっと見てきた、何かきっかけがあって急に見続けるようになったわけではない、と説明する。……しかし、見る時間は確実に増えている、一人になってから、この数か月のあいだに。

〈わたし〉が、住み慣れた大阪を捨てたのは健吾と一緒になるためだ。その健吾に裏切られて、いま一人で暮らす。

†

中井という大阪時代からの風変わりな友人が登場する。彼は定職もなく、国内、時には海外を放浪していて、何度か〈わたし〉の前に予告もなく現われては去って行く。最初の登場のしかたも風変わりで独特だ。

引越したばかりの〈わたし〉に携帯電話をかけてきて、「平尾さん、おれ、今どこにおると思う?」ピンポーン、とチャイムの音が聞こえて、こんにちはー。あれ?「ごめん、なかちゃん、わたし引っ越してそこにはおらん」と〈わたし〉。中井は、〈わたし〉の前の太平のマンションを尋ねたのだ。「間違えましたー」と中井が新しい住人にあやまっているのが実況中継で聞こえてくる。

中井が、〈わたし〉のいない場所に尋ねて来る。重要な狂言回しである中井の登場が、この小説のタイトルに重なるという絶妙な工夫。

中井によって、〈わたし〉の世界に奥行きと広がりがもたらされる。さらに、東京の前の職場で同僚だった、近くに住む有子と五歳の息子昇太や、有子の父親らも〈わたし〉の生活にふくらみを持たせる大事な要素である。

彼らとの暖かでユーモラスな、時に微妙な齟齬《そご》と苦味ある日常の中にいても、〈わたし〉は戦場ドキュメントや八月十四日の空襲、海野十三の「日記」、つまり〈わたし〉がいなかった時と場所、そこにいた人々に捉《とら》われつづけている。

日常という言葉について、〈わたし〉は独特の考察を示す。

日常という言葉に当てはまるものがどこかにあったとして、それは穏やかとか退屈とか昨日と同じような生活とかいうところにあるものではなくて、破壊された街の瓦礫《がれき》の中で道端で倒れたまま放置されている死体を横目に歩いて行ったあの親子、ナパーム弾が降ってくる下で見上げる飛行機、ジャングルで負傷兵を運ぶ担架を持った兵士が足を滑らせて崩れ落ちる瞬間、そういうものを目撃したときに、その向こうに一瞬だけ見えそうになる世界なんじゃないかと思う。(中略)自分がここに存在していること自体が、夢みたいなものなんじゃないかと、感じること。

〈わたし〉はうわの空なのだろうか。確かに〈わたし〉が会社を辞めることになるきっかけや、健吾との離婚の原因にも、このうわの空が影響しているのかもしれない。

変えることのできない過去、取り戻すことのできない時間、絶対に行けない場所。それらを、思い続けること。繰り返し、何度も、触ることができないと知っているから、なお、そこに手を伸ばし続ける。

こんなふうなことを考えながら、〈わたし〉は玉葱《たまねぎ》を炒《いた》めてチキンカレーを作り始める。

†

だが、小説の内部でふしぎなことが起きる。

中井が〈わたし〉を尋ねてきたとき、クズイがどこか外国で行方不明だと伝える。大阪城で偶然出会ったクズイの妹から聞いた、と。

クズイは、〈わたし〉や中井が十一年前、大阪本町の写真教室に通っていた時の仲間の一人だ。教室の打ち上げのとき、クズイが、平尾さんに渡したいものがあったが、忘れた、と言った。それきり十年がたった。渡したいものは何だったのか。

ふしぎなことが起きる、と言ったのは、中井の訪問からしばらくたって、今度は大阪から彼が二度三度と電話をかけてきて、クズイの妹の話をするあたりからである。不意に、〈わたし〉は消え、クズイの妹、葛井夏の物語が始まる。つまり、〈わたし〉

のいない三人称小説が。この小説を〈わたし〉が出ずっぱりの一人称小説として読んできた〈あなた〉に、タイトルの深い意味が小説の構造上の問題として明かされようとするのだ。

葛井夏は二十四歳で、京橋の学習塾に勤めている。両親が離婚して、腹違いの兄が残していった荷物の中に、彼がプリントした写真がぎっしり入ったダンボール箱があった。中から、なかちゃん（中井）たちの写っている白黒写真が出てきた、と夏は中井に話し、それをみせると、中井は、変な縞々《しましま》の帽子かぶってるうしろ姿を指でつついて、この子「平尾さんっていうて唯一《ゆいいつ》今でもつきあいある子やねん」と言う。

このあたりまでは、中井が〈わたし〉に報告している文と考えてもよいのだが、この葛井夏のパートの、終わりの部分で、中井の知りようのない夏の心の動きが書きとめられている。

中井と夏が、ミスタードーナツの狭いテーブルに白黒写真を広げて向かい合っている。隣の席に座っていた若い女と中井との間でちょっとしたやりとりがあったのち、

女は急に帰り支度をして出て行ってしまったが、夏は、そうか、気になったら聞けばいいのか、と思った。

目の前にいるんだから話しかけて聞いてみればいいって、今まで考えなかった、と中井の行動に感心しながら、髪の長い女のその後ろ姿を見送った。

夏の内面《つぶやき》を中井も〈わたし〉も知るはずがない。

この小説の真の語り手は〈わたし〉ではないことになる。主人公＝話者の構図は崩れる。一体誰が語っているのか？

〈わたし〉がいない街、時と場所を語るために、作者が採用した方法は奇妙だが周到で、かつシンプルだ。

海野十三の「日記」もまた同じ工夫だろう。教科書体で記される「日記」からの頻繁な引用。

　八月十五日
○本日正午、いっさい決まる。恐懼の至りなり。ただ無念。
○今夜一同死ぬつもりなりしが、忙しくてすっかり疲れ、家族一同ゆっくりと顔見合わすいとまもなし。よって、明日は最後の団欒してから、夜に入りて死のうと思いたり。
くたくたになりて眠る。

十月二十一日
戦災無縁墓の現状が毎日新聞にのっている。(中略)
錦糸公園　一万二千九百三十五柱
深川猿江公園　一万二千七百九十柱
を筆頭に、合計七万八千八百五十七柱(姓名判定セルモノ、八千五十三柱)。

これは〈わたし〉が語っているのではない。〈わたし〉は読んでいるのだ。語っているのは海野十三だ。

†

〈わたし〉は中井に、京橋駅近くにある八月十四日の空襲で亡《な》くなった人たちの慰霊碑やアメリカ軍の機銃掃射の弾痕《だんこん》の写真を撮っておいてくれと依頼する。そのことを中井が夏に話すと、「変わってはりますねえ。うちの兄といっしょぐらいの年ですか？」と夏は言う。このあたりから、夏がもう一人の主人公として迫《せ》り上がってくる。しかし、〈わたし〉と夏は会ったことがない。――十年前、中井たちとクズイの家に遊びに行ったとき、夏は家にいたのだが。そして、物語の最後まで出会うことがない。

クズイが残した縞々の帽子――十年前、クズイが〈わたし〉に渡したかったもの――が、妹の夏の手から中井を経由して〈わたし〉へとリレーされるエピソードは、〈わたし〉と夏を繋《つな》ぐ糸であると同時に、この小説の構造を内部から支える、古代解剖学で言うところの心弦（heartstrings）――心臓を包み支える腱《けん》（神経）と考えられたもの――の役割を担《にな》っている。

高速道路の高架の近くにあった、洋服屋の重い木のドア。狭い店の真ん中の台の上。あの場所。わたしのかぶっていた赤と黒の縞々、健吾の部屋に転がっていた青と黒の縞々。どんな人なのかわからないけどクズイの好きだった女の子、メモを書いたクズイの手、袋に入れて渡したクズイの妹の手。それらが全部、いっぺんに、わたしの中に現れた。もうない場所、行けない場所、会えない人、会うかもしれない、どこかにいる人。

†

真夏、照りつける日ざしの中、世田谷通りを〈わたし〉は歩いていて、熱中症と脳貧血で倒れて意識を失ない、救急車で病院に運ばれる。

同じ頃、葛井夏は、友人たちと瀬戸内海の島へ出かけた。高松で一泊し、翌日、うどん屋巡りをしたあと、夏一人、先に高松駅から大阪行きの高速バスに乗る。隣の席に母親くらいの小柄な人が座る。夏は、西日を避けるためカーテンを締める。

眠って、目がさめたとき、バスは大鳴門橋にさしかかっていた。カーテンを開いて外を見る。夕暮れに近い山吹色の空気、橋の遥《はる》か下では大きな渦潮。それからまた夏は眠る。次に目をさましたとき、バスは淡路島を北に向かって走っており、西の空は緋色《ひいろ》に染まっている。隣の人は眠っている。

バスは一定のスピードで走り続け、やがて小さな山にさしかかった。南に向かって開けたその急斜面には、棚田が積み重ねられるように頂上近くまで続いていた。伸びた稲が詰まった細長く狭い棚田の一つ一つが、夕陽に照らされ、茜色《あかねいろ》に輝いていた。そのいちばん上にある棚田のところに、老人が腰掛けていた。夕陽を見ている、と、夏には一瞬でわかった。そこから何段か下った棚田のあいだを、老女が腰を曲げながら登りかけていた。おそらく夫婦だろう。登りかけながら、夕陽を見て立ち止まっていた。(中略)

田んぼの手入れを終えて帰る夫婦が、何十年も連れ添った相手と、こんなにも美しい風景を眺めるこの時間。悠久とか永遠とか、自分はこれまでに感じたことがないが、そこにはきっとそういうものがあるのだと思う。これ以上の幸福なんてなくていいような、なにかが。

夏が、気配を感じて振り返ると、眠っていると思った隣の人が起きていて、そして呆然《ぼうぜん》とした顔で涙を流していた。海や田を照らすのと同じ太陽によって、顔じゅうをオレンジ色に光らせて、だらだらと涙を流し続けながら、黙って、夏が見ていたのと同じ場所に向かって目を開いていた。

夏がじっと見ていることにようやく気づいた隣の人は、涙をぬぐわないまま、

「ほら、見なさい。もう消えてしまう」
と言った。

ラスト近くに置かれたこの章は、小説中最も浄化の力を持つというだけでなく、これまでわれわれが読んできた幾多の小説の中でも最高度に美しいページに数えられるだろう。

その頃、〈わたし〉はここにはいない。救急外来のベッドで点滴を受けている。

ここでふしぎな、魔法のようなできごとが起きる。

〈あなた〉は、〈わたし〉を読むという行為の中で、既に〈わたし〉(平尾砂羽)と合流している。〈あなた〉の中に〈わたし〉の時間がある。同時にいま、〈あなた〉は夏と共にいて、彼女の美しい経験に立ち合っている。

〈あなた〉は、カーテンで仕切られたベッドにいる〈わたし〉を思い出し、〈わたし〉をここに呼び出すのだ。こうして、〈わたし〉もまた夏と、この美しい時間、経験を共有し、「人生の意味」が開示される瞬間に立ち合うことになる。

だが、〈わたし〉と〈あなた〉と夏が、この光景を美しいと感じるのは、この光景の外にいるからである。八十キロで走るバスの中にいて、棚田の上と下にいる老人と老女と沈む夕日の三位《さんみ》一体を、まるで一幅の山水画の世界を眺めるように、同時に見ることができるからだ。

しかし、われわれにとって、描かれたこの光景が美しいのではなく、この文体《スティル》が美しいのである。このスティルの外側に美しい光景があるのではない。だが、これは同じことなのである。

（二〇一四年十月、作家）

この作品は平成二十四年六月新潮社より刊行された。

柴崎友香著
その街の今は
芸術選奨文部科学大臣新人賞受賞
カフェでバイト中の歌ちゃん。合コン帰りに出会った良太郎と、時々会うようになり――。大阪の街と若者の日常を描く温かな物語。

辻原 登著
恋情からくり長屋
国もとの妻は不思議な夢に胸を騒がせ、旦那は遊女に溺れる、そして……。浪花の恋と江戸の情に、粋な企みを隠す極上の時代小説集。

川上弘美著
おめでとう
忘れないでいよう。今のことを。今までのことを。これからのことを――ぽっかり明るくしんしん切ない、よるべない十二の恋の物語。

川上弘美著
パスタマシーンの幽霊
恋する女の準備は様々。丈夫な奥歯に、煎餅の空き箱、不実な男の誘いに喜ばぬ強い心。女たちを振り回す恋の不思議を慈しむ22篇。

堀江敏幸著
いつか王子駅で
古書、童話、名馬たちの記憶……路面電車が走る町の日常のなかで、静かに息づく愛すべき心象を芥川・川端賞作家が描く傑作長篇。

堀江敏幸著
おぱらばん
三島由紀夫賞受賞
マイノリティが暮らす郊外での日々と、忘れられた小説への愛惜をゆるやかにむすぶ、新しいエッセイ／純文学のかたち。

小川洋子著
薬指の標本
標本室で働くわたしが、彼にプレゼントされた靴はあまりにもぴったりで……。恋愛の痛みと恍惚を透明感漂う文章で描く珠玉の二篇。

小川洋子著
まぶた
15歳のわたしが男の部屋で感じる奇妙な視線の持ち主は？　現実と悪夢の間を揺れ動く不思議なリアリティで、読者の心をつかむ8編。

小川洋子著
海
「今は失われてしまった何か」への尽きない愛情を表す小川洋子の真髄。静謐で妖しく、ちょっと奇妙な七編。著者インタビュー併録。

いしいしんじ著
ぶらんこ乗り
ぶらんこが得意な、声を失った男の子。動物と話ができる、作り話の天才。もういない、私の弟。古びたノートに残された真実の物語。

いしいしんじ著
ある一日
織田作之助賞受賞
「予定日まで来たいうのは、お祝い事や」。十ヶ月をかけ火山のようにふくらんでいった園子の腹。いのちの誕生という奇蹟を描く物語。

中島らも
いしいしんじ著
その辺の問題
号泣した少女マンガ、最低の映画、東京一まずい定食屋から、創作への情熱まで。名言、名エピソード満載の、爆笑対談エッセイ。

町田 康著
夫婦茶碗
あまりにも過激な堕落の美学に大反響を呼んだ表題作、元パンクロッカーの大逃避行「人間の屑」。日本文藝最強の堕天使の傑作二編！

町田 康著
ゴランノスポン
表層的な「ハッピー」に拘泥する若者の姿をあぶり出す表題作ほか、七編を収録。笑いと闇が比例して深まる、著者渾身の傑作短編集。

アーサー・ビナード著
日々の非常口
「ほかほか」はどう英訳する？ 言葉、文化の違いの面白さから、社会、政治問題まで。日本語で詩を書く著者の愉快なエッセイ集。

アーサー・ビナード著
亜米利加ニモ負ケズ
多言語的な視点で眺めれば、言葉も、世界もこんなに面白い。日本語で詩を書くアメリカ人による知的で豊かなエッセイ集。

中村文則著
土の中の子供
芥川賞受賞
親から捨てられ、殴る蹴るの暴行を受け続けた少年。彼の脳裏には土に埋められた記憶が焼き付いていた。新世代の芥川賞受賞作！

中村文則著
悪意の手記
いつまでもこの腕に絡みつく人を殺した感触。人はなぜ人を殺してはいけないのか。若き芥川賞・大江賞受賞作家が挑む衝撃の問題作。

庄司薫著
赤頭巾ちゃん気をつけて
芥川賞受賞

男の子いかに生くべきか。戦後民主主義とは、真の知性とは何か。日比谷高校三年の薫くんの一日を描く、現代青春小説の最高傑作。

庄司薫著
白鳥の歌なんか聞えない

死の影に魅了された幼馴染の由美。若き魂を奮い立たせ、薫は全力で由美を護り抜く――。静謐でみずみずしい青春文学の金字塔。

庄司薫著
さよなら快傑黒頭巾

兄の友人の結婚式に招かれた薫くんを待っていた、次なる〝闘い〟とは――。青年の葛藤と試練、人生の哀切を描く、不朽の名作。

庄司薫著
ぼくの大好きな青髭

若者たちを容赦なくのみこむ新宿の街。薫が必死で探す、謎の「青髭」の正体は――。切実な青年の視点で描かれた不朽の青春小説。

桜庭一樹著
青年のための読書クラブ

山の手のお嬢様学園で起こった数々の事件の背後で、秘密裏に活躍した「読書クラブ」。異端児集団の文学少女魂が学園を攪乱する。

金原ひとみ著
マザーズ
ドゥマゴ文学賞受賞

同じ保育園に子どもを預ける三人の女たち。追い詰められる子育て、夫とのセックス、将来への不安……女性性の混沌に迫る話題作。

江國香織著
ウエハースの椅子
あなたに出会ったとき、私はもう恋をしていた。出会ったとき、あなたはすでに幸福な家庭を持っていた。恋することの絶望を描く傑作。

江國香織著
がらくた
島清恋愛文学賞受賞
海外のリゾートで出会った45歳の柊子と15歳の美しい少女・美海。再会した東京で、夫を交え複雑に絡み合う人間関係を描く恋愛小説。

江國香織著
銅版画 山本容子
雪だるまの雪子ちゃん
ある豪雪の日、雪子ちゃんは地上に舞い降りたのでした。野生の雪だるまは好奇心旺盛。「とけちゃう前に」大冒険。カラー銅版画収録。

多和田葉子著
雪の練習生
野間文芸賞受賞
サーカスの花形から作家に転身した「わたし」。娘の「トスカ」、その息子の「クヌート」へと繋がる、ホッキョクグマ三代の物語。

田中慎弥著
切れた鎖
三島由紀夫賞・川端康成文学賞受賞
海峡からの流れ者が興した宗教が汚す、旧家の栄光。因習息づく共同体の崩壊を描き、格差社会の片隅から世界を揺さぶる新文学。

青山七恵著
かけら
川端康成文学賞受賞
さくらんぼ狩りツアーに、しぶしぶ父と二人で参加した桐子。普段は口数が少ない父の、意外な顔を目にするが――。珠玉の短編集。

梨木香歩著
裏庭
児童文学ファンタジー大賞受賞

荒れはてた洋館の、秘密の裏庭で声を聞いた——教えよう、君に。そして少女の孤独な魂は、冒険へと旅立った。自分に出会うために。

梨木香歩著
からくりからくさ

祖母が暮らした古い家。糸を染め、機を織る、静かで、けれどもたしかな実感に満ちた日々。生命を支える新しい絆を心に深く伝える物語。

梨木香歩著
りかさん

持ち主と心を通わすことができる不思議な人形りかさんに導かれて、古い人形たちの遠い記憶に触れた時——。「ミケルの庭」を併録。

梨木香歩著
家守綺譚

百年少し前、亡き友の古い家に住む作家の日常にこぼれ出る豊穣な気配……天地の精や植物と作家をめぐる、不思議に懐かしい29章。

三浦しをん著
きみはポラリス

すべての恋愛は、普通じゃない——誰かを強く大切に思うとき放たれる、宇宙にただひとつの特別な光。最強の恋愛小説短編集。

三浦しをん著
天国旅行

すべてを捨てて行き着く果てに、救いはあるのだろうか。生と死の狭間から浮き上がる愛と人生の真実。心に光が差し込む傑作短編集。

山崎ナオコーラ著
男と点と線
クアラルンプール、パリ、上海、東京、NY、世界最果ての町。世界各地で出会い、近づく男女の、愛と友情を描いた6つの物語。

山崎ナオコーラ著
この世は二人組ではできあがらない
お金を稼ぐこと。国のこと。戸籍のこと。社会の中で私は何を見つけ、何を選んでいくのだろうか。若者の挑戦と葛藤を描く社会派小説。

谷川俊太郎著
夜のミッキー・マウス
詩人はいつも宇宙に恋をしている——彩り豊かな三〇篇を堪能できる、待望の文庫版詩集。文庫のための書下ろし「闇の豊かさ」も収録。

谷川俊太郎著
ひとり暮らし
どうせなら陽気に老いたい——。暮らしのなかでふと思いを馳せる父と母、恋の味わい。詩人のありのままの日常を綴った名エッセイ。

瀬尾まいこ著
天国はまだ遠く
死ぬつもりで旅立った23歳のOL千鶴は、山奥の民宿で心身ともに癒されていく……。いま注目の新鋭が贈る、心洗われる清爽な物語。

瀬尾まいこ著
卵の緒
坊っちゃん文学賞受賞
僕は捨て子だ。それでも母さんは誰より僕を愛してくれる——。親子の確かな絆を描く表題作など二篇。著者の瑞々しいデビュー作！

新潮文庫最新刊

佐伯泰英著
たそがれ歌麿
新・古着屋総兵衛 第九巻
大黒屋前の橋普請の最中、野分によって江戸は甚大な被害を受ける。一方で総兵衛は絵師歌麿の禁制に触れる一枚絵を追うのだが……。

畠中恵著
ひなこまち
謎の木札を手にした若だんな。以来、不思議な困りごとが次々と持ち込まれる。一太郎は、みんなを救えるのか？ シリーズ第11弾。

畠中恵著
えどさがし
時は江戸から明治へ。仁吉は銀座で若だんなを探していた――表題作ほか、お馴染みのキャラが大活躍する全五編。文庫オリジナル。

野口卓著
隠れ蓑
―北町奉行所朽木組―
わが命を狙うのは共に汗を流した同門剣士。定町廻り同心・朽木勘三郎は血闘に臨む。絶賛を浴びる時代小説作家、入魂の書き下ろし。

井上ひさし著
言語小説集
あっという結末、抱腹絶倒の大どんでん返し。言葉の魔術師が言語をテーマに紡いだ奇想天外な七編。単行本未収録の幻の四編を追加！

柴崎友香著
わたしがいなかった街で
離婚して1年、やっと引っ越した36歳の砂羽。写真教室で出会った知人が行方不明になっていると聞くが――。生の確かさを描く傑作。

新潮文庫最新刊

池内紀・川本三郎・松田哲夫 編
日本文学100年の名作 第4巻 1944-1953 木の都
小説の読み巧者が議論を重ねて名作だけを厳選。日本文学の見取図となる中短編アンソロジー。本巻は太宰、安吾、荷風、清張など15編。

池波正太郎・古川薫・童門冬二・荒山徹 著
北原亞以子・山本周五郎・末國善己 編
志士
―吉田松陰アンソロジー―
大河ドラマで話題！ 吉田松陰、高杉晋作、久坂玄瑞、伊藤博文……。松下村塾から日本を変えた男たちの素顔とは。名編6作を厳選。

吉川英治 著
新・平家物語（十二）
入洛し朝日将軍と称えた木曾義仲。しかし、法皇との衝突、行家の離反、平家の反攻で窮地に陥り、義経・範頼の軍に攻め込まれる。

杉江松恋 著
神崎裕也 原作
ウロボロス ORIGINAL NOVEL
―イクオ篇・タツヤ篇―
一つの事件が二つの顔を覗かせる。刑事イクオが闇の相棒竜哉と事件の真相に迫る。人気コミックスのオリジナル小説版二冊同時刊行。

瀬戸内寂聴 著
烈しい生と美しい死を
百年前、女性たちは恋と革命に輝いていた。そして潔く美しい死を選び取った。九十歳を越える著者から若い世代への熱いメッセージ。

曽野綾子 著
立ち止まる才能
―創造と想像の世界―
母と私は、父の暴力に怯えて暮らしていた――。50年を超えて「人間」を書き続ける著者がいま明かす、その仕事と人生の在り方。

新潮文庫最新刊

コロッケ著
母さんの「あおいくま」
ものまね芸人コロッケが綴る母の教え「あおいくま」のこと、思い出の数々。人にとって大切なことが伝わる感動の生い立ちエッセイ。

キュッヒル真知子著
青い目のヴァイオリニストとの結婚
夫はウィーン・フィルのコンサートマスター。世界最高のヴァイオリニストの夫人が綴る、意外な日常、仕事、国際結婚の喜びと難しさ。

小倉美恵子著
オオカミの護符
「オイヌさま」に導かれて、謎解きの旅へ――川崎市の農家で目にした一枚の護符を手がかりに、山岳信仰の世界に触れる名著！

稲泉　連著
命をつなげ
―東日本大震災、大動脈復旧への戦い―
東日本大震災の被災各地を貫く国道45号線は、わずか1週間で復旧した。危険を顧みず東北の大動脈を守り続けた人々の熱き物語。

石井光太著
地を這う祈り
世界各地のスラムで目の当たりにした、貧しき人々の苛酷な運命。弱者が踏み躙られる現実を炙り出す衝撃のフォト・ルポルタージュ。

石原千秋監修
新潮文庫編集部編
新潮ことばの扉
教科書で出会った名詩一〇〇
ページという扉を開くと美しい言の葉があふれだす。各世代が愛した名詩を精選し、一冊に集めた新潮文庫百年記念アンソロジー。

わたしがいなかった街《まち》で

新潮文庫　し－64－2

平成二十六年十二月一日発行

著者　柴《しば》崎《さき》友《とも》香《か》

発行者　佐藤隆信

発行所　株式会社新潮社

郵便番号　一六二―八七一一
東京都新宿区矢来町七一
電話 編集部(〇三)三二六六―五四四〇
読者係(〇三)三二六六―五一一一
http://www.shinchosha.co.jp

価格はカバーに表示してあります。

乱丁・落丁本は、ご面倒ですが小社読者係宛ご送付ください。送料小社負担にてお取替えいたします。

印刷・大日本印刷株式会社　製本・株式会社大進堂

© Tomoka Shibasaki 2012 Printed in Japan

ISBN978-4-10-137642-4 C0193